너를 사랑하려다

나를 사랑해버렸다

# 너를 사랑하려다
# 나를 사랑해버렸다

흔한 애정이 위대해지는 순간

**해이** 지음

· 프롤로그 ·

"밤이면 흔들리고 낮이 되면 평화로워요.
그렇지만 이런 나도 저런 나도 다 나니까 모든 나를 사랑할래요.
내가 좌충우돌인 건 삶에 대한 애정 탓이잖아요."
- 본문 중

살 만큼 산 것 같은데
여전히 밤이 되면 10분 안에 잠드는 법 같은 건 모르겠고.
그럼에도 푹 자고 일어나 눈을 떴을 때
햇살이 좋으면 심장이 과하게 방방거립니다.
이런 날은 길가의 고양이와 풀들에게 마저
눈웃음을 흘리고 말겠죠.
그러다 홀연히 올려다본 모퉁이 이층 집에서

그 사람의 이름과 닮은 간판이라도 발견하면, 덜컹.
마음은 순식간에 25톤 덤프트럭에 올라탄 것처럼 울렁입니다.
이 삶은 단 하루 만이라도
한결같은 전개로 흘러갈 순 없는 걸까요?
그건 아마 안 될 것 같아요.
우리는 계속해서 사랑하고 계속해서 사랑받을 거니까요.
그 사랑이 우리에게 어떤 계절을 안겨준다 해도요.

이 책에는 시시각각 다사다난한
우리와 사랑의 기록들이 담겨 있습니다.
매일의 좌충우돌 속에도 다정을 잃지 않는 당신에게
이 책을 드립니다.
당신에게 다가가 작은 위로가 될게요.

차례

# 1부
# 이 세계의 사랑법

## 좋아해서 그랬어

# 시작하는 말

우리가 함께 하는 시간 중에

덜 좋은 건 있어도 안 좋은 건 없게.

나를 아직 몰라서 안 본 적은 있어도

한 번만 보고 싶진 않게.

태어날 때는 따로였지만

이제는 우리가 아니고서는 무엇도 아니게.

잘해 줄게.

계속해서 행복에 가깝게.

# 토요일이 되어 줘

내 금요일 밤은 보통 이래.
친구와 어중간한 저녁을 먹고 적당한 소음 속에서 술도 한잔해.
음소거된 TV 화면 속에선 야구 경기가 한창이야.
한국시리즈 4차전이래.

오늘은 잘 알지도 못하는 너를 자랑했어.
자꾸만 눈이 간다고.
이유도 모르게 들어왔다고.
이런 감정이 오랜만이라 나도 내가 낯설다고.
취한 게 아니라면 좋아하게 된 게 확실시된다고.

재미없는 이야기를 들을 때는 어떤 표정일까.
재미있는 이야기를 들을 때는
동그란 눈을 하고 고개를 끄덕이는 버릇이 있던데.
내 이야기가 재미있었던 걸까.
그 표정, 나에게만 그래 줄 수 있을까.
네가 궁금해서 말을 하면서도 너를 해석하고 있어.
잘 알지도 못하는 너를, 친구가 듣더니 웃어.

TV 화면에선 야구 경기가 한창이고
친구의 미간은 이따금 그리로 쏠리고.
벌어지는 대화의 공백마다
잘 알지도 못하는 너를 꽉꽉 채워, 네가 보고 싶어.

내가 풀어본 네가 알고 보니 많이 어긋나도
실망하진 않을 거야.
그러니까 나에게 너를 더 알려 줄래?

"토요일이잖아.
내일 뭐해?"

# 준비는 되어 있다

눈물이라면 물리도록 흘려 봤지만
그럼에도 너를 사랑함에
눈물이 불가분의 요소가 되어야 한다면
나는 기꺼이.

다가올 사랑을 각오할게.

# 기교 없는 말

"예쁘다."

"귀엽다."

때때로 너는 내게 직설적이어서
완곡한 언어일 때보다 사랑이었다.

진솔한 마음만 있다면
어떤 사랑의 말은
단도직입적임에도 낭만이 있어.

날렵한 너의 말들이 훅 찌르니까

내 심장이 훅 파였지 뭐야.

얼른 와.

네가 와서 호 해줘야겠다.

# 내일의 일

잠들기 전 내일의 할 일을 써내려.
내일의 나는 무척이나 바쁠 예정이야.

잊지 않고 해야 할 일들.
수많은 것들이 줄지어 지나가는데
수많은 것들 속에 그게 하나 빠졌어.

하루 종일 그 일만 할 거면서
단 한 자도 쓰지 못한 일.

너를 좋아하는 일.

# 날씨 안내자

어디서 봤는데 오늘의 날씨를 말해주는 사람은
나에게 호감이 있을 확률이 높대.

오늘은 비가 온다,
우산을 들고 나와,
아침부터 푹푹 찌고 있어,
쌀쌀하니까 외투 꼭 챙겨 입어,
양말도 도톰한 걸로 신고.

기상청 인턴도 아니면서 기상청 인턴 같았던 너의 말들.

그 말들에 나는 매일의 나를 맡겼어.
눈 뜨고 처음 만난 존재를 가장 사랑해야 했던 아기 새처럼
너를 믿고 따랐어.

"오늘은 운동화 신어."

그 말을 했던 날의 너는 어떤 마음이었을까.

'눈이 오면 우리 만날까?
눈길은 미끄러울지도 모르니까 신발은 낮은 걸로 신고 나와.'
라는 말을 꼭꼭 숨겼던 건 아닐까.

오늘은 내가 먼저 말해줘 볼래.
오늘 날씨는 꼭 너 같다고.
날이 이렇게 좋으니까
해가 예쁜 카페에서 너랑 커피를 마셔야겠다고.

# 녹는 점

'살면서 언제 제일 힘들었어?'
라고 묻는다면 사실 잘 모르겠어.

초조히 결과를 기다리던 날이었나.
사람에게 크게 다친 날이었나.
연애가 끝났음을 통보받은 밤이었나.

서럽고 차갑고 슬펐던 것도 같은데
그마저 견딜만했는지
나의 아픔에는 최상급이 없어.

'다만 언제 제일 행복했어?'
라고 묻는다면
더할 나위 없이
너.
너랑 있을 때.

나는 아마 아픔에는 강하고
너에게는 살살 녹아버리는 재질 같아.

녹아 사라져도 좋으니
너만이 내가 영위할
행복으로 남아 있어줘.

# 비를 좋아하는 사람

건조하고 마른 대기가 지루하게 아른거리는 저녁이었다.
그는 비를 좋아하느냐고 물었고
나는 그럭저럭, 내리는 비를 보거나 듣는 일,
천장이 낮은 차 안에 있는 일을
좋아하는 것 같다고 대답했다.
그는 '나는 아니.'
빗소리나 젖은 거리 같은 감상적인 태도일 때만 아니라
비에 흠뻑 맞는 추적추적한 일도 좋아한다고 했다.

나는 '그럴 수도 있겠다.'라고 웃었지만

그다지 산뜻할 것 같지는 않다고 속생각을 했다.
고온의 비와 여름의 땀이 뒤섞여버리면
비린 향이 날 것 같기도 했다.
그래도 나는 그가 왜 비를 겪는 일을 좋아하는지
이해하고 싶었다.
누군가에겐 난해함이 누군가에겐 취향이 될 수도 있으니까.

추위에 떤 후에 마시는 커피의 뜨끈함이 좋았을까.
머그컵의 허리를 두 손으로 안는 일은 언제나 설렌다.
어떤 날에 사랑하는 여자와 빗속을 뛰었을까.
마냥 좋았을까.
그래도 우산은 쓰지 그랬어.
비에 젖은 강아지처럼 애써 처량하지는 않길 바란다.
나는 처량한 존재들에게 반드시 마음이 동하고 마니까.

그가 축축한 손을 누군가와 꼭 잡고 달리는 건
상상하고 싶지 않다.
그럴 바에 그 일대로 천둥과 번개가 내리쳤으면 좋겠다.
누군가와 손을 잡을 새도 없이
서둘러 안전한 곳으로 달려 들어가야 하도록.
이왕이면 그곳은 내 품이어야 할 것이다.

맑고 화창한 날에 비를 맞는 그를 그려보다가
벼락과 돌풍을 동반한 매서운 비를
그에게 내려달라고 기우제를 드렸다.

기우제를 드린 건 비밀입니다만
내 마음이 바라는 건 그러했다.
그가 비를 맞지 않았으면 좋겠지만
맞아야 한다면
비에 젖은 그의 가까이에 내가 있었으면 한다는 것.

어디서 맞을 건지, 어디서 맞고 있는지
전화해 줄 수 있을까.
따뜻한 커피와 커다란 수건.
그리고 내가 기다릴 텐데.

# 문신

그의 팔에 새겨진 문신들을 지그시 바라본다.
못다 한 말이었을까.
꾹꾹 눌러 새긴 다짐이었을까.
퇴색되지 못해 진해져 버린 사랑이었을까.
그게 무엇이 됐든 참을성이 많은 사람이구나,
그를 생각한다.
이윽고 나의 두 눈이 그의 눈을 쫓는다.

나를 사랑하는 일은 참지 말아 줬으면 해.

# 그걸 해내면

예를 들면, 전화기 너머의 떨림이 서린
누군가의 노래를 듣는다든지.
그런 얼굴 붉어지는 상황들을 내가 극복하고 있다면
그건 아마 사랑일까.

## 그건 아마 사랑이야

입을 옷에 조금 더 신경을 쓰고
지나가는 말 한마디에서도
의미를 찾으려 해.

종일 같은 노래를 흥얼거려.
이따 밤에 불러줘야지.

그런 얼굴 붉어지는 상황들의 연속에도
네가 자꾸 웃으니까.
안 하던 짓을 내가 하고 있잖아.

# 기본 우리법

싫지 않아요.
가끔은 내게 자랑도 하고
축하도 받으면서
쓸쓸하지 않을 만큼
기쁨에 취해 봐요.

인류와 이번 세계에서
그 정도는 얽혀 봐요, 우리.
우리가 우리 됨은 어쩔 수 없었으니까.
너, 나, 말고 우리로 뒤섞여 행복에 져요.

그렇게 행복해져요.

어느 날에 당신과 살이 닿았을 때 싫지만은 좋았어요.
온기는 온기가 알아보는 걸까요.
이어지고 싶었대요.

그러니까 혼자 있지 마요.
가끔 외로워야 하는 거 아는데
매일은 혼자 있고 그러는 거 아니에요.

손 닿을 곳에 나는 있을 거니까
핸드폰 곁에 있으면

"뭐해."

두 글자.
그렇게 해요.
그거면 돼요.

내가 이렇게까지 말했으면
우리, 우리 해요.

# 진짜 하고 싶다

방학을 하자.

늦잠을 자고.

아이스크림은 하루에 한 개씩 꼭 먹자.

고속버스 터미널에서 만나자.

가까운 서해바다에 갔다가

달이 나오기 전에 오자.

그리고 다음 날 또 만나자.

담 밑에 늘어지게 자고 있는 고양이.

고양이 옆에 팽개쳐진 우리.

다리에 쥐가 날 때까지 쭈그리고 앉아서 보자.

고양이를 보자.
두 번 먹자.
밤에 못 자도 괜찮으니까
커피를 두 번 먹자.
카페를 두 개나 가자.
그거 몰랐지.
이 미술관
월요일에는 휴관이다.
문 닫은 미술관 앞에서
무안하게 웃자.
그리고 내일 또 오자.
또 뭐 할래?
못 했던 거 다 하자.
너 하고 싶은 거 다 하자.
나는 뭐하고 싶냐고.
나는 너랑 방학하고 싶다.
오래오래 틈만 나면.

# 스포일러

누가 먼저 좋아했는지
그게 뭐가 중요해.
결국엔 내가 이렇게까지
너를 좋아하는데.

시작은 너였지만
뒤로는 다 나일 텐데.

# 풀어줄게 너를

네가 버석해진 생각들로 꺼끌한 파도를 만든다면
나는 그 바다에 핫초코 미떼를 던질 거야.
어디 하나 거칠거나 뭉친 곳이 없게
밤새도록 데워주고 풀어줄 거야.
부드럽게 몽글몽글해져서
이 밤의 네가 포근하고 촉촉하게 잠들 수 있도록
곁에서 뭉근히 보살필 거야.
그때에는 많은 말들이 필요 없고.

"아무 꿈 없이 잘 잤어."
너의 말은 그거 하나면 될 것 같아.

# 남자와 여자가 바다를 같이 보면 안 되는 이유

너는 밀려들어줘.

나는 흠뻑 끌어안을 테니.

달이 또 우릴.

우리를 거친 파도로 만들고.

잔잔해질 아침을.

그 밤에는 아침을 기다리지 말자.

# 다시 혼자가 되었을 때

끝난 사랑을 붙잡고 늘어지지는 않을래요.
나는 당신을 잊는 게 맞아요.
다만 내가 잊기 싫은 건
당신을 좋아한 그때의 나예요.
그때의 나는 뜨거웠고
열의 넘쳤고
누구보다 활기찼으며
일을 하다가도 피식 웃음을 흘렸고
꽃보다 예뻤어요.
그건 나조차 부정할 수 없고

친구들도 놀랐대요.
인생 사진은 그때 다 건졌거든요.
그런 날이 내게 또 올까 싶거든요.

사랑할 때의 나,
그 찬란하고 놀라운 감정들은
절대로 조금도 잊고 싶지 않아요.
당신을 잊어도요.

# 인어공주

문장들이 도망을 쳐.
말하기엔 아직
준비가 되지 않았다고
잡힐 새라 단숨에 도망을 쳐.

그럴수록 나는 네 앞에서
콩닥콩닥
숨만 쉬었어.

내가 무슨 인어공주도 아니면서.

# 태도가 사랑이 된다

사람의 마음을 여는 일에 타고난 이들이 있다.
그들은 호감 있는 상대와
대적하지 않고 방어하지 않으며
선뜻 자신을 꺼내어 보여주는 일에 주저함이 없다.

가벼운 농담으로
끊임없이 상대방의 하루와 의중을 궁금해해 주고
혹시 그 물음에 상대방이 난처해하면
대답을 조급해하지 않는다.
"나중에 말하면 안 될까?"하는 상대방의 톤에
"응, 그래."하고 해맑게 수긍하고

"맞다. 나 오늘 거기 갔었어."라며
다른 이야기로 태세를 전환해 준다.

자기를 보여주는 일에는 적극적이고
상대방의 슬픔을 들추는 일에는 관심이 없다.

그들의 말 끝에는 늘 동질감과 공감이 서려 있고
그 마음은 잠시라도 좋으니 앉아보고 싶은
해가 쏟아지는 창가, 그 온기와 같다.

마음을 열 줄 안다는 건
사랑을 열 줄 안다는 것과 동의의 말이 아닐까.
사랑받아 마땅한
그 사소한 말과 태도들은
차곡차곡 내리는 햇살과 같아서
끝끝내 그 다정함에 흠뻑 젖어들게 하고야 만다.

그래서 그게 누구 얘기냐고?
방금 내게 잘 잤냐고 연락한 사람.
따스하고 촉촉한 봄처럼 스민
네 얘기.

# 하드 캐리

겪을 만큼 겪어봤는데.

너만큼 어렵고

너만큼 밉고

너만큼 좋은 건 없는 것 같아.

# 몰아보기가 안 돼

한 번에 몰아서 하는 것보단
평소에 조금씩 해두는 걸 좋아하는 편이다.

양치를 하려고 세면대 거울 앞에 섰을 때
치약 끝에 밤새 묵은 비누가 눌어붙어 있으면
준비를 끝내는 시간을 지체해서라도
그걸 깨끗이 씻어내고 나서야 양치를 한다.

정리하지 않아도 괜찮았다.
시험 기간은 으레 그랬다.

엄마도 그 시기에는 잔소리를 미뤘다.
그러나 그녀의 딸은 책장의 열을 맞추고 먼지를 없애고
노트마다 네이밍을 하고 다이어리를 썼다.
생각나는 모든 것에 즉각의 행동으로 반응했다.

여전히 나는 참을성이 없어서 미루거나 몰아 하기가 안 돼.
너를 사랑하는 일도 몰아 하기 싫어.
할 수 있을 때 꼬박꼬박 하고 싶어.
네 생각이 나면 네 생각을 할 거고
네가 보고 싶으면 너를 보러 갈 거야.
당장 볼 수 없다면
지금 널 보고 싶어 하는 중이라고
카톡을 남겨야 놓일 마음이야.
네가 바빠 당장 연락이 없어도
방금 연락했던 사람이 나여도
사랑은 먼저 연락하는 사람이 패배하는 게임이 아니니까.
할 말이 생각나면 망설이지 않을 거야.

지체 없이 사랑할래.
드라마는 몰아보기 해도
사랑은 미루었다 하면 안 되는 거잖아.

# 영원

당장의 영원이라는 말을 좋아하지 않아.

네 개의 계절만큼 내 곁에 있어준다면
그때는 혹시 영원에 대해 거론해 볼 수 있을까.

시시 때때의 나를
날씨 같은 나를
온전히 겪어줄 수 있다면.
우리 딱 세 계절만 더 같이 있자.

그리고 다시 이 계절이 왔을 때에.

그때에 서로에게 말해주자.

우리가 영원히 사랑할 수 있을지도 모르겠다고.

# 약하게 키울 것

후배는 강하게 키워도
당신은 약하게 키울래요.

힘들 땐 힘들다고 기대서 울고
못하는 건 못한다고 말해줘요.

라면 잘 못 끓이면 말해요.
화분 옮기기 힘들면 말해요.
내가 가서 해줄게요.
내가 다 해줄게요.

나는 약해 빠진 사람이지만
당신과 나의 세계에선
내가 감히 보호자가 될 수 있을 것 같아요.

얼마든지.
당신의 허락만 있다면요.

# 거울

내 몸과 얼굴은
더 이상 나만의 것이 아닌 게 되었다.

내가 걸으면 걷고
내가 잠들면 자고
내가 웃으면 웃고
내가 아프면 아픈 너를 보니까.

내가 더는
아무렇게나 지내지 않아야 한다고

되도록 괜찮은 사람이 되어야 한다고
마음을 먹게 돼.

너에게서 내가 보이니까
나를 통해 나루 인해
네가 많이 웃어야 해.

어디 있나 한참 찾았어.
내 거울.

# 사랑을 자랑하는 사람

어디 가서 말도 잘 못하면서
만날 나를 자랑할 거라고 하는 사람.
내가 낸 아이디어로 진행을 하게 됐다거나,
유산소 운동을 평소보다 10분만큼 더 했다거나
참 별것도 아닌 일에 유난을 떠는 사람.
하루의 끝에 나의 이야기를 듣다가
자기 일보다 기쁘게 웃어주는 사람.

"너 정말 대단해.
여기저기 널 자랑하고 싶어."

그렇게 말해주는 네가 내게 있어서
내일의 나는 위대해질 것 같아.
더 사랑스러워서 더 자랑스러워질 것 같아.

'얘가 내 사람'이라며
나를 자랑해주는 사람이 있다면
어떤 일이 있어도 놓쳐선 안 돼요.

# 신호

사랑은 거기서 시작된다.

'자꾸 보이네?' 했던 마음이

'자꾸만 보고 싶어.'로 변화하는 순간.

# 유선 이어폰

꼬여버린 이어폰 줄을 풀다가 너를 생각해.
어떻게 꼬여도 반드시 풀어지고 마는 이 선처럼
우리의 방식도 그랬으면 좋겠다고.

결국엔 좋아 죽겠다고
너랑 있는 게 제일 재미있다고
이럴 거면서 우리 왜 싸웠지? 미안해.
그렇게 히죽히죽 웃는 사이로 지속되고 싶어.

어떤 날은 단순하고 어떤 날은 복잡하게 얽히겠지만.

어떤 날에도 우리,

금세 풀고 길게 이어져 있자.

# 노력이 사랑이 될까

사랑을 노력해 주길 바란 적은 없어요.
단지 좋아한다면
적어도 나에 관해서 만큼은
재지 않길 바랐을 뿐입니다.

'떡볶이보단 파스타가 낫지 않겠어?'
'늦었으니까 자고 연락하자.'
'걷는 건 별로 좋아하지 않을 거야.'

그런 생각들은 덜어내 주세요.

나는 그랬거든요.

끝나고 당신과 먹는 소박한 떡볶이가 좋았고

아직 안 자면 늦어도 전화하고 싶었고

날이 차가우면 어때.

우리 손이 따스하니까

같이 더 걷고 싶었어요.

대단한 걸 해야 대단한 사랑일까요.

당신과 내가 우연히 만나서

0에 가까운 확률을 딛고

이어져 있다는 것으로 이미 대단한 일인 걸요.

우리 서로에 관해서 만큼은

재단하거나 포기하지 말아요.

그냥 뭐든 같이 계속해 봤으면 좋겠어요.

# 이음동의어

말투 하나부터 손짓 하나까지
우리의 자라 온 오랜 습관은 서로 달랐다.
그러나 그때 우리가 나누었던 대화들은
다른 말을 하고 있어도
결국 '사랑해.'였다.

내가 가진 말과 네가 가진 말과 다른 말들 속에
사랑은 해석이 불필요한 우리의 공통어였다.

# 덕통사고

너 자꾸 그러지 않는 게 좋겠다.
이 말은 너에게 주는 내 경고다.
여기는 프랑스가 아니라서
길 가는 사람 아무나 붙잡고 인사랍시고
볼을 부딪히면 경범죄에 해당하는 국가 아니냐.

너도 알고 있겠지만.
우리는 사고에 대비해 미연의 장치들을 했지.
남의 차를 마음대로 만지면 요란한 경고음이 울리게 했고
소 잃기 전에 가로등 곁에 CCTV를 준비했지.

그리고 지금 내 심장엔 째깍째깍 비상등이 켜졌잖아.
경범죄는 아니어도 이건 그린라이트 같은 거 아니냐.

너 계속 그렇게 힐끗힐끗 웃을 거니?
혼자 가도 되는데 왜 같이 걸어주는 거니?
이 차가운 밤을.

우리 이러다 사고나.
혹시 몰라서 핫팩도 챙겼고
핸드크림도 꼭꼭 바르고 다닐 건데
내 경계심에도 한계가 있어.
너 정말 안 그러는 게 좋겠다.
자꾸 그러면
손잡고 싶어지잖아.

# 솔직히 말해서

가끔이었다면 이런 말.
하지도 않습니다.

매일이고 계속입니다.
생각을 할 수 있는 내내
일상이 지속되는 내내
아마도 당신인 것 같습니다.

나는 지금 당신뿐인 것 같습니다.

# 타임리프

스물다섯 살의 너는 불온하고 신경질적인 날이 많았다고 한다.
촌각을 달려도 지하철은 매번 네 앞에서 떠났고
발끝에 치이는 것들이 흔해 운동화 앞코는 늘 새까맸다.
너의 앞은 어떻고.
미세먼지보다 많은 한숨들로 시야는 까마득했다.

혹시 시간 있으면 너의 스물다섯 살의 어느 날 중에
단 5분만 나에게 내어줄 수 있을까.
만나서 할 얘기가 있어.
갑자기 나타난 나를 보고 너는 어리둥절하겠지.

그 모습에 나는 웃음이 새어 나올 거지만
꾹 참고 하고 싶은 말들을 전해볼게.

미래의 너는 여전히 말수는 적지만 다정해.
내가 먼저 말없이 잠들어도 서운해하지 않고
일어나면 전화해,라는 메시지로
나의 아침에 먼저 가 있는 사람이야.
전날 술을 마시고 힘들어하는 나에게
잔소리보단 시간을 주고 기다릴 줄 알고
조용히 아이스 바닐라 라떼 벤티 사이즈를 사다 주는 사람.
바다가 보고 싶다는 말에
그 밤에 당장 바다를 가져다주지는 않지만
푸르른 달 사진을 찍어 위로를 주는 사람.
신호등이 초록불로 바뀌면 3초 정도 주위를 둘러보고
카페에 앉아 핸드폰을 보다가 히죽히죽 웃음을 흘리기도 해.
마블, 무라카미 하루키, 프리미어 리그 같은
좋아했던 것들을 계속해서 좋아하고
사소한 사건들에 흥분과 환희로 들썩거리지는 않지만
가슴속에 묵직한 뜨거움을 안고 살아.

미래의 너는 제법 괜찮아.

잘 웃고,

종종 멍해지고,

사랑받고,

사랑하고,

자기애는 조금 지나쳐.

그러니까 오늘의 너를 부디 네가 실망하지 않길 바라.

# 굿나잇

가까이 와요.
두 볼을 맞대어 봐요.
서늘한 하루를 보냈나 봐요.
작은 두 눈에 무엇을 감당하고
가녀린 팔로 무엇에 대치했기에 이토록.
볼이 차요.

가까이 와요.
언제든 당신보다
1도 더 달아올라 있을게요.

당신은 그냥, 추워, 라고 말을 해줘요.
외투 대신 내가 당신을 껴안아볼게요.
볼이 차요.

이 밤엔 내게서 녹아요.
잠은 한 데서 자는 거 아니랬어요.

# 사전적 의미

이 세상에 물맛이 나는 건 물 말고는 없다.
이 세상에 사랑 같은 건 사랑 말고는 없다.

지금 너와 나의 사이는
사랑 말고는 이렇다 할 유사 어휘가 없다.

그러니까
우정, 친한 동생, 남사친, 여사친, 소울메이트.
그런 어정쩡한 말들은 그만해.
친구끼리 손잡는 건 열 살 때도 안 했다고.

# 맨살

네 볼에 살결을 댔을 때
말랑말랑 찌그러지는 네 얼굴이 좋아.
무엇엔가 집중해서 미간을 찌푸린 채 꼼짝없는
너의 옆얼굴을 보는 것도 좋아.
네 이름 근처를 만지작거리다
삐끗 영상통화 버튼이 눌러져서
1초 만에 그걸 또 네가 받아내서
깜짝 놀란 눈이 되었을 때쯤.
너 왜 이렇게 못 생겼어, 라며
입술에 장난을 머금는 너도 좋아.

너와 맨살이 닿고 서로의 맨얼굴을 보고
홀딱 벗은 마음을 보이는 일이
이렇게도 부끄럼 없이
살갑게 좋아.

## 달콤한 위로

하루의 끝에 나의 재잘거림이 잦아들 때쯤.

전화기 너머 들려오는 너의 말은

'괜찮아. 잘했어.'이길.

# '유' 자로 끝나는 말

우리가 다투게 되거나
서로에게 단점 비슷한 걸 말하게 되는 날에는
끝에 '유'자를 붙여 말을 해보자.

"나한테 왜 그랬어유."
"또 그러지 않기로 했잖아유."
"너는 다 예쁜데 전화를 잘 안 하는 습성이 있어유."

이건 친목 게임 같은 거야.
싸우다가 웃음이 날 수도 있잖아.

끝으로 지금 내가 하고 싶은 말은

그래도

"아이 러브 유."

# 많은 날에

두 눈으로 콕콕
내 심장을 찌르는
너의 미소.

질리지 않는
떨림과
익숙해지지 않는
욱신거림.

네가 나타남으로

네가 내게 안겨준
눌러지지 않는 기쁨과

수면 위로 떠오른
동 시간의
불안과 안도.

예쁘다, 너.
내가 살아 있어.

네가 없던 과거에도
네가 보고 싶었어.

사랑해.
많은 날에.

2부

# 이별 기록

## 치이다 못해 울어버린 밤들

# 우리의 미래

그런 생각 안 해봤다면 거짓말이다.
나의 미래엔
당신이 있었으면 좋겠다고
매일을 생각했다.

그래서 그런 거란다.
우리가 빨리 헤어져야 했던 건
나의 마음이 앞서가서
이별마저 성큼 앞당겨 온 거란다.

이럴 줄 알았으면 천천히 갈 걸 그랬다.
앞서 가지 말 걸 그랬다.
내일 없는 사랑을 할 걸 그랬다.

이제는 돌이킬 수 없어서
나는 아직 그 미래에 있다.
당신은 지금
누구와 어떤 미래에 있을까.

# 그러지 말걸

돌아서서 걸었다.
끝으로 너의 뒷모습은 보고 싶지 않았으니까.
적어도 내 눈에 담을 마지막 모습은
너의 얼굴이고 싶었으니까.
잘 가, 라는 너의 말이 끝나기 전에
내가 먼저 돌아서서 걸었다.

잘 가, 라니.
전화해, 라고 해야지.
잘 가, 라니.

내일 보자, 라고 해야지.
말이 이상하잖아.

자꾸만 떨어지는 고개를 애써 참으며 차도로 손을 뻗었다.
그리고는 마음에 대고 소리쳤어.
택시야 잡히지 마.
잡히지 마.
내 손을 제발 보지 말아 줘.
나를 보더라도 못 본 척 지나가.
혹시 네가 달려와 붙잡아 안을 수도 있으니까
가면서도 나는 가기가 싫었다.

슬프게도 마음에 대고 한 말은
아무에게도 들리지 않는 걸까.
기다렸다는 듯 택시는 내 앞에 멈춰 섰다.
그날, 그 밤, 그 거리에
떠나가는 사람은 나 말곤 없는 것처럼.

그런데 내가 더 아찔했던 건.
날 데려다줄 택시의 번호와 도착 예정 시간.
그런 것들을 알려 했던 네가 없다는 거다.

# 거리뷰

서울시 134길.
모퉁이를 돌아 좁은 골목을 가로등 3개만큼 걸어 오르면
거기엔 지난 연인의 잔해가 있다.
눈은 기억력이 좋아서 손끝의 터치 몇 번으로
금세 그들이 즐겨 서 있었던 장소를 찾아내고
맞아, 여기가 맞아, 주책없는 반가움에 호들갑을 떨고 만다.
거기서는 장난기 서린 농담이 있었고,
떨어지지 않는 눈빛이 있었고,
헤어지기 싫은 보폭이 있었다.
맞은편 실용음악 학원도 아직 그 자리에 그대로였다.
계단을 내려오며 사랑 노래를 흥얼거리던

학생들의 소음이 마냥 듣기 좋았던 곳.

핸드폰을 엎어 베개로 꾹 눌러 버린다.
보고 있던 지도 앱은 미처 닫지 못했다.
그러고는 멈출 새 없이 눈을 감아 머릿속을 뒤적인다.
이쯤이었다.
여기쯤에는 네가 활짝 웃고 있었다.
어디서부터 너의 생기 어린 표정은 사라졌을까.
기억 속을 찾아 헤매다가
아이를 잃어버리기라도 한 것처럼 털썩 주저앉아버린다.
눈가에는 망연한 눈물이 핑그르 반 바퀴를 돌고.
이쯤이었는데
이쯤에 우리의 사랑을 두고 온 것 같은데
오래전에 두고 온 것은 유실된 채 나타나지 않았다.

그때를 기억해 낸다고 달라지는 건 없지만
그때를 기억해 냄으로 바꾸고 싶은 것도 없지만
내내 확인하고 싶었다.
있긴 있었나 사랑하긴 했었나 싶은
그 시절 내가 가장 좋아했던 거리와 네가
내게 없지 않았음을.

# 주기 싫었다

내가 놓는다고
당장 누가 널 데려가는 것도 아닌데.

주기 싫었다.

우리 사이에 다툼이 있었어도
네가 좋은 사람인 건 달라지지 않고.

너 같은 좋은 사람.
혼자라고 하면

누구든 사랑할 테니.

진짜 주기 싫었다.

# 꼭 잡은 손을

이야기가 이렇게 될 것을 우린 몰랐다.
누구도 자초하지 않았으니
그것으로 된 거야.
언제 어디서부터 인지도 모르게 들어선 길이
우리의 이별 길이었어도.
우리가 최선을 다한 게 사랑이었다면
그것으로 된 거야.

널 데리고 걸을 때에 나는 두려울 것이 없었고.
그 경험으로 또 내일을 살아가 볼게.

여기까지 같이 와줘서 고마워.
여기서부터 따로 걷자.

손을 놓을게.

# 궁금해

누군가 우리 둘을 기억한다면
그 둘은 잘 헤어졌다고 할까.
참 예뻤다고 할까.

누군가 아직
너와 나를 기억하는 사람이 있다면
물어보고 싶어.

"우린 헤어지는 게 맞았지?"

근데 우리 잘 어울렸잖아.

어떤 대답을 들어도 아마 난.

아마 나의 다음 말은

한숨일 거야.

꺼질 듯 슬프고 긴 한숨.

# 번아웃

전화기마저 아무 소리를 내려 하지 않는 밤.
그날 나의 밤은 음소거 상태가 되었다.
이제는 결국 서로의 진짜 마음도 듣지 못한 채
'감정은 각자 알아서' 정리하는 수순으로 접어들었다.
머릿속은 진흙탕이면서
'고요한 밤 거룩한 밤'처럼 평온한 낯빛을 했고,
온 신경은 그리로 가 있으면서
둘 중 이 상황을 따져 묻는 사람은 없었다.

사랑은 둘의 협력이었지만

끝은 각자 감당해야 할 이분의 몫이었다.
그 일이 너에게 얼마나 힘이 들든 얼마나 쉽든
관여하지 않는 것이 이 이별의 룰이라도 되는 것처럼.

이렇게 허탈하게 끝이 나는 경우도 있구나.
그 무렵 우리는 서로에게 지쳤고 서운한 게 많았다.

# 오랜 징후

눈에 보여도 걱정,
눈에 안 보여도 걱정.

갔으면 갈 것이지 가지 않아서.
놓았으면 놓을 것이지 놓지 못해서.

눈에 보여도 걱정,
눈에 안 보여도 걱정.

눈은 그런 내가 탐탁지 않아 고개를 돌렸고

마음은 너에게 뛰지 못해 숨이 가빴다.

내 몸과 마음조차 통제 못하는 내가
너를 결단코 눈에서 떼어낼 수 있을까.

## 사용자를 찾을 수 없음

여자는 사라진 남자를 찾는 일로 하루를 시작한다.
안녕을 선언한 남자는
잃어버린 머리끈처럼 좀처럼 찾아지지 않았다.
만날 때도 여자는 남자의 결단력에
참 지독하고 대단한 애라고 생각했는데
지금 봐도 여전해서 존경이 튀어나올 것 같았다.

친구들은 말했다.
헤어진 남자친구의 인스타그램을 보다가 화가 치밀었다고.
바뀐 프로필 사진을 보고 전화할 뻔했다고.

그러나 그런 일들이 여자에게는
좀처럼 일어나지 않았다.
남자는 헤어진 이래 어디에도 흔적이 없었다.
덕분에 여자는 울컥할 일도,
이불킥할 일도 생기지 않았다.

난 네 전 남자친구들처럼 전화하지 않을 거야,
헤어진 사람끼리는 친구 같은 거 없어,
안 해,
이런 류의 말들을 신념처럼 달고 살더니
그는 그 결심을 찰떡같이 지켜냈다.
여자가 볼 수 있는 어디에도 그의 근황은 찾아볼 수 없었다.
이별 앞에서도 흐트러짐 없는 남자가 얄밉기만 했다.
매일을 만났던 둘이었다.
어떻게 이럴 수가 있냐고.

'너는 그렇게 계속해서 지독하고 대단해라.
너 참 대쪽 같아서 좋아했는데 너 참 대쪽 같아서 밉다.'

여자는 남자가 그런 사람이라서 좋아했지만
이제 어차피 좋아할 일도 없으니까.

그가 한 번이라도 실수로라도 바보 같아주길 바랐다.
'술 먹고 나한테 전화 한 번만 해주라.
그냥 모르고서 한 번만 스쳐가 주라.'

# 술잔

그는 둥글고 모진 구석이라곤 없어 보였음에도
사실은 날카로워서 조심스러워야 했다.
그를 손에 쥐고 있는 건 나였지만
나만 놓치면 산산이 바스러질 관계였고.
고고한 그가 나에게 바라는 건
말끔한 얼굴에
조금도 과하지 않은 악력으로
그의 손을 잡고 서 있는 것이었다.
그를 사랑하는 일은 마치 와인잔을 닦는 행위였다.

그때의 미술관.
벽에 걸린 그림 속 여인의 조각상은
세련된 태도로 나를 이해하려 했다.

또르르.

'그건 내겐 쉽지 않은 일이었어.'

한참이 지났다.
소란한 마음과 가벼운 웃음으로
눈앞에 놓인 잔을 맑게 채웠다.

투박하지만 장황하고,
소박하지만 대담하고 싶다.
다른 건 몰라도 사랑은
소주잔에 하고 싶어졌다.

# 후회

그해 봄
네가 보내온 벚꽃 사진.
그곳에는 벌써 꽃이 피었다고 했다.
같이 보고 싶다는 말이었겠지.

다시 봄이 온다.
그곳에는 또 꽃이 피겠지.
그때 나도
같이 보러 갈 걸 그랬어.

하늘에 서리는 어린 봄이 얄미워서

좀처럼 발이 떨어지지 않는 날들이다.

# 축하

사실은 오늘 나 좋은 일 있었어.
네가 들었다면 좋아했을 일.

꽃 한 송이를 안겨줬을 거야.
잘했다고 오백 번쯤 말해줬을 거야.
오늘은 먹고 싶은 거 다 먹자고 토닥여줬을 거야.
분명 너라면.

그럼 나는 생글생글 웃다가
일순간 부끄러워져서

그만해, 하고 단호하게 말했겠다.

여전히 좋은 일이 있으면
맨 처음 너에게 말하고 싶고
너를 통해 확인받고 싶은 나의 성취들이
아직 종종 있는데.

보통의 일도 특별하게 가꾸어주던
네가 이제 없어서
특별히 기쁘지도 않아.

돌아온 내 방은 어둡고 고요해.
불은 켜지 못한 채
오래 앉아 있었어.

# 여전히 고마운 너에게

관성 같은 하루가 다시 나에게 오려 할 때
어제와 오늘의 결계를 깨고
내가 가장 먼저 하는 일은 너를 떠올리는 일이야.
별 건 아니야.
그냥 잘 있을까 정도.
이제는 꽤 막연해져서

그때 내가 그랬으면 어땠을까,
그때 그 장면에서 우리 정말 예뻤는데,
너도 그건 잊지 못할 거야,

혹시 톡 해도 될까,

친구 정돈 괜찮잖아,

같은 일련의 고장 난 생각들은 지어낼 수 없을 만큼
우리의 기억들은 뚝뚝 끊어지고 차분해졌어.
그냥 잘 정돈된 후회와 미련들 앞에
잠깐 무릎을 꿇고 눈을 감고
안녕을 말해주는 정도.
내가 할 수 있는 우리를 위한 의식은 딱 그 정도야.
사실 내가 사랑했던 것들이
너 하나만은 아니었는데
매일 잠에서 깨었을 때 일 순위가 아직 너라는 게
나의 무의식의 시간을 통틀어 가지고도
의식 중을 넘나드는 네가 참 대견하고 놀라워.
대단해.
그 위대함을 이제와 알아버렸다.

진부하지만 고맙다고 말해야겠어.
새벽마다 고마워.
해가 빛으로 드러나기 전
가장 어둡고 고요한 시간에 함께 해줘서.

다 지난 사랑마저 없었다면
난 참 지지리도 외로운 사람일 뻔했어.

# 잠적

별이 부서졌고
지구가 자전했고
너와 나의 심장이 뛰고 있었다.
너를 안고 있을 때
나를 감싼 주변으로 벌어진 일은
그게 전부였다.

너는 고요였고 평화였어.
네 품에선 아무 걱정이 없었고
들뜬 잠에 기꺼이 빠져들 수 있었어.

여긴 지금 소란하고 어지러워.
너에게로 잠수해
오래도록 잘 지내고 있다고
나지막이 속삭여야 해.

부디 내가 그럴 수만 있다면.

소용돌이

다 지나야 내가 좀 괜찮을 것 같은 나날들.

그 한 가운데에

내가 서 있어.

울 것 같은 순간들이 너무 많은 건

슬프기 때문일까.

# 별

"시리야, 사랑이 뭐야?"

어느 날은 사랑이 무언지 도통 모르겠어서
옆에 누워있는 핸드폰에게 물었다.

"사랑이란 어떤 사람이나 존재를
몹시 아끼고 귀중히 여기는 마음,
또는 그런 일입니다."

마지막까지 남겨뒀다 먹은 사탕,

서랍 깊은 곳에 클로드 모네 엽서, 해 묵은 만년필,
한때 부서질 듯 안았던 사람.
내가 아끼는 것들을 나열해 본다.
내가 아끼는 것들은 무얼 떠올려도 과거형이다.

지금의 사랑은 또 얼마나 지나야
그 아린 마음과 소중함을 내가 알아챌 수 있을까.
그때 그냥 보내면 안 됐는데.
절대로 보내선 안 됐던 소중함은
왜 늘 한참이 늦어서 도착하는 걸까.

지금 밤하늘에 보이는 별은
가깝게는 몇 년, 멀게는 백억 년 전의 빛이라고 했다.
내 사랑은 언제나 한 발 늦어서
사랑, 참 별 같다.

아무리 뻗어도 영영 손에 잡히지 않을.

사랑, 참 별 같네.

## 사랑이 쉽지

진짜 힘든 건 좋아하던 걸 싫어하게 되기까지지고.
진짜 아픈 건 좋아하던 널 내일부터 싫어해야 하는 거다.

그게 뭐든 내겐 항상 좋아하는 일보다
좋아하던 걸 싫어하는 일이 더 난감했다.
마음을 끊어낸다는 게,
있었던 걸 없었던 걸로 초기화하다 못해
미움의 살로 채워야 한다는 게 말처럼 만만치 않더라.
그러니 사정이 퍽퍽하다고
좋아하는 일을 서둘러 그만두진 않을 거야.

그게 싫어하는 것보단 쉬울 거니까.

그러니까 나에게 끝내라고 하지 마.

# 마음의 날

마음이 가는 대로
마음이 시키는 대로
휘둘렀더니
너에게 너무 많은 상처를 냈다.

내 사랑은 칼날 같아서
너를 아프게 하기 충분했다.

# 냉탕과 온탕 사이

연애 중은 아니지만 사랑을 했다.
동경이라고 하면
이내 접어서 간직해야 할 분류인 것 같아서
이 사랑의 이름은 동경은 아니었다.

매일에 뜨거워져 가는 설렘, 떨림, 터질 듯함 같은 것들은
넘쳐흐르는 액체의 상태였고
간직하거나 가둘 수 없었다.
그냥 이대로 어디로든 흘러 가게 두어야
겨우 견뎌낼 범람이었다.

사실은 그 얼굴이 날 보고 웃는 건지 무의미한 건지
빈 눈에 들어 찬 것들을 알아챌 수 없어서
희미한 그 표정에게 나는 자꾸만 기웃거렸다.
그러다 공교롭게 시선이 맞닿을 때면
내 눈썹은 파르르 떨리다 바닥을 나뒹구는데
어떻게 그는 조금의 미동도 없이 있을 수 있는지.
꾹 다문 입술 안엔 어떤 말을 물고 있는지.
눈치챌 수 없어 서러운 눈물이 쪼개질 때쯤.

내게 흔들려줄 여지도
열어줄 마음도 없는 것만 같아서
오늘따라 이곳은 북극보다 시리다.
내가 과연 그를 뜨겁게 녹일 수 있을까.

너만 보면

사랑조차 승부욕으로 했던 시절이 있다.
이기지도 못할 거면서.

# 그럴 거면 몰라주라

아무 말이라도 해야 한다는 걸 알지만
가끔 나는 아무 말도 하지 않는다.

아무 말이든 하려다가
하지 않기로 한 말까지 터져 나올까 봐
애써 나를 부여잡는다.

너에게 하지 않기로 한 말이지만
가장 하고 싶었던 말이
나를 밀치고 쏟아지듯 터져 나올까 봐

입을 세차게 닫아버린다.

나의 진심이 너에게 닿으면
너는 한 걸음 달아날 사람이라서
가슴은 뜨거운데 입은 얼어버렸다.

# 적정선

누구든 불쾌하게 하지 않지만 누구도 사랑하지 않는다.
이것이 내가 가진 철칙이고 붕괴다.
어쩌면 장벽일 테지.
지난날 너무 많은 사랑에 내던져졌더니
아픔에 나뒹구는 법도 잘 알아서
나는 나 같은 당신이 두 눈에 선해.
그러니 나라도 나서서 당신을 사랑하지 않는 수밖에.

사랑 없는 자가 할 수 있는 유일의 일은
그저 가장 옆에서 어깨를 내어놓는 일.

슬플 때 맞닿을 수 있는,
같이 들썩일 어깨 정도로 당신에게 있을게.
우리 이 정도 선에서 더는 아프지 말자.
적어도 나 때문에 당신이 아픈 일은 없어야 하겠지.

무너질 다짐을 또 되뇐 밤.

# 말을 하고 있었다

건조하게 타들어간 공기였다.

뒤척이다 포갠 늦은 잠이었다.

아무렇게나 벗어 던진 옷가지였다.

서성이던 마음들에 닳아버린 배터리였다.

내려놓은 손 끝과

술 취한 밤이었다.

그게 다 무슨 말이었을까

새벽 끝까지 생각했다.

사랑한다는 말이었다.
나는 아직 너를
놓아주지 못했다고
말을 하고 있었다.

# 내 적 갈 등

그리운 날이 싫다.
들어줄 사람도
입 밖으로 내보낼
용기도 없는데
보고 싶다고 말하고 싶어져서.

꼭 붙잡지 않으면
하면 안 되는 말들이
내 손을 놓고
달려 나갈 것 같아.

가만히 있어 달라고

제발

나에게 부탁할게.

# 먼저 다가가지 못하는 이유

그럼에도 뻔뻔하게 '내가 왜 좋았어?'라고 물으면
너는 1초도 고민하지 않고
'네가 좋아한다고 말하는데,
그 순간 너의 입술부터,
모든 네가 좋아졌어.'라고 대답했다.
나는 그 말이 듣기 좋았더라.

갖고 싶은 걸 갖지 못하면 안달이 나는 내가
또 사고를 내버린 거다.
그 후로 우린 질리도록 사랑을 했다.

하지만 어딘지 모르게 더 좋아했던 나는
너에게 항상 기울거나 밀리고 있었다.
질리도록 사랑했지만 그만큼의 갈증도 넉넉히 채워졌다.

이 연애는 타격감이 꽤 셌고,
나는 더는 다가가는 사랑은 하지 못하게 되었다.
먼저 다가와 주는,
날 많이 좋아해 주는 사람을 좋아하게 되었다.
아마 지금 너는 네가 더 좋아하는 사람과 사랑하고 있겠지.

충분히 목말랐고 우리는 뜨거웠다.
반대가 끌릴 만큼.

# 시차

사랑의 처음은 동시다발적이었고
그 끝은 서울과 알래스카의 거리만큼
벌어져 있었다.

커피 한 모금 없이도
술의 위력을 빌리고도.
네가 잠들어 있을 까만 밤이
나에겐 한낮 같아서.

환한 눈과 쨍한 머릿속에

내내 너를 생각했고.

네가 없는 나라에 동떨어진 채
시차 적응은 되지 않았다.

## 네가 허기질 때 고기를 먹는다

그런 거 있잖아.

그가 내게서 빠져나감으로

나였던 것들이 내가 아닌 게 될 것 같은 촉.

무너지고 어그러져 격변할 것 같은 감.

근데 그런 거 없더라.

그의 연락이 없어도 배터리는 닳더라.

큰 일 안 나더라.

연락을 기다리다 소모가 될 바에

냉삼집을 검색하는 편이 유익해.

허기가 질 땐 고기를 먹자.
그 하나 없어도 세상 잘 돌아가고
그 하나 없어도 고기는 세상 맛있어.

# 어쩔 수 없는 일

좋아서 시작한 일이잖아.
뭘 바라지 않았잖아.
슬플 게 없는 일이야.
우리의 끝이 이별이라 해도.

3부

# 나 설명서

## 나를 사랑해야 할 때

# 태어나서 한 일

"밤이면 흔들리고 낮이 되면 평화로워요.
그렇지만 이런 나도 저런 나도 다 나니까 모든 나를 사랑할래요.
내가 좌충우돌인 건 삶에 대한 애정 탓이잖아요."

지나쳤다, 또.
나는 나를 너무 사랑해 버린 거지.
태어나서 한 일이라곤
그것 뿐이었다.

# 귤

당신과 나는 소파 위에 나란히 앉아 있었다.
그때 내 손에는 곱게 헐벗은 귤이 쥐어졌고
당신은 나의 머리카락을 쓸어 넘겨주었다.

"좋은 사람이 되렴."

나는 응, 소리를 깨물어 오물거렸다.

포근한 눈이 사박거리며 창문을 내리칠 때
나의 이마엔 얕은 잠이 내려앉았다.

이대로 안겨 따뜻한 잠을 자고 나면
반나절만큼 당신과 멀어져 있겠지.

여전히 나는 그날에 머물러 꿈을 꾼다.
좋은 사람이 되어야지.
밖에는 눈이 내린다.
주말에는 귤을 사 갈까요.

# 어떤 나

어떤 게 진짜 나인지
어떤 나여야 하는지
고민하지 않는다.

이런 나도 저런 나도
모두 나니까.
사랑받기에 충분한 나니까.

# 하루가 내게 오기까지

햇살이 이마 위에 닿을 때
눈을 뜨지 않아도 시간은 아침이야.

익숙한 나의 작은 창은 블라인드 새로
딱 나를 깨울 만큼의 틈을 만들고,
햇살은 살짝 눈인사를 하고는
그 틈을 비집고 다정하게 떨어진다.

그 빛에 갓 깨어난 나의 모든 감각이
팔다리를 끌어당겨 기지개를 켜면

심장에 묶어둔 풍선에 공기가 차올라.

나의 몸이 조금씩 조금씩
공중을 오르다가
천장에 통 부딪혀
발끝까지 찌릿.

간질간질한 나의 하루가
베시시 눈을 든다.
안녕, 잘 있어, 내 지난밤아.

# 그게 안 되면

힘의 균형을 느껴요.

어떤 일은 아무리 애써도 이루어지지 않거나,

어떤 일은 의외의 곳에서 덜컥 이루어져 버리죠.

오늘 낮까지 간절했던 그 일이

오후 네 시에 아픈 결말로 찾아와 슬프지만

오후 여덟 시에는 SNS 속 귀여운 것들을 보다가

나는 웃고 말아요.

귀여움만이 세상을 구할 거예요.

내 감정조차 일정한 나에 의해 지배되지 않아요.

이건 힘의 균형이거나 재분배가 맞는 거죠?
그렇게 생각하면 기쁠 것도 크게 슬플 것도 없는 일이에요.

내가 어쩔 수 있는 건 없어서
운이 좋으면 공들인 일이 잘 될 수도
운이 나쁘면 공들이고도
폭망할 수도 있다는 것만 기억하면 되는 거죠.
근데 그건 잔인하잖아요.
그렇게 바라고도 내가 어쩔 수 있은 일은
이내 포기해야 행복해질 수 있음을 아는 것뿐이라니.

내가 어쩔 수 있는 영역이 있긴 할까요.
강아지처럼 늑대처럼 여기저기 킁킁대고 다니면
어쩌다 몇 평 남짓 내 영역이 되어 줄까요.
방법을 모르겠어요.

가질 수 없어도 박재범은 좋은데,
가질 수 없어서 당신은 싫어요.
단념하는 방법도 두 개의 얼굴을 하고 있네요.
이토록 나약해서 오늘 밤은 쉬이 견딜 수 없을 것 같아요.

맞아요.

지금 이대로는 포기가 안 돼요.

못 갖게 할 거면 내게 대여라도 해주었어야 해요.

## Call me by my name

어느 날 문득 거울을 보니
이제 나는 크게 기쁜 일도
크게 슬픈 일도 없는
어른이 되어 있었어요.

더는 헤어짐에 몇 날 며칠을 울지 않고
아주 기쁜 일도
조용한 미소로 안아 들 수 있는
어른이 되어 있었어요.

하지만 잘 알지도 못하는 사람이
내가 한 일을 억측하거나
나의 노력을 웃음거리로 만들어버리면
참을 수 없는 눈물이 터져 나와요.
화가 나면 왜 눈물이 나는 거죠.

이상한 일은 그것만이 아니랍니다.
그날은 오후 내내 드라마를 보고 있었어요.
어떤 특별한 대사,
특정의 장면도 아니었고
남자 주인공이 여자 주인공의 이름을
나지막이 또박또박 불렀을 뿐이었어요.
그런데 그 순간 왈칵
눈물이 쏟아져 내리는 거예요.

"연수야. 연수야."

남자 주인공이 그랬던 것처럼
나는 나의 이름을 몇 번이고 되뇌었어요.

나는 나로 이해받아야지.

대체 날 누구로 아는 거야.

다른 누구도 아닌 나의 이름으로
나는 나를 한참 동안 불러주었습니다.
그렇게 안아주었어요.

# 달의 뒷면

뒤집어 보았더니
나를 알겠어요.

나에겐 웃음이 많았던 만큼
울음도 많았다는 것.

4일 치의 온난함 뒤에는
꼭 3일 치의 그리움이 따라왔다는 것.

나의 행운과 손잡은 단짝은

불행이었다는 것.

그러나 지워내지 않으려 해요.
나의 눈물도 외로움도 시련도.

가만히 내 품에 안아
차가운 그 등을 쓸어내려요.

너도 나였고 나라고.

# 시간의 과정

시계가 세상에 없었다면 나는 어떻게
시간이 흘러간다는 걸 알 수 있었을까 궁금해한 적이 있다.

닳아가는 연필, 비누,
낮아져 가는 술병의 수위,
사그라드는 패기,
희미해 가는 빛.

사라져 가는 것들에게서 나는
시간을 눈치채고 있었다.

## 만약에

매년 상승하는 해수면,
높아만 가는 코스피, 기대 수명,
무르익어가는 사랑,
커져가는 그리움 같은.

채워져 가는 것들에게서 시간을 보았다면
또 한 계절이 오는 것이
한 살만큼 나이가 느는 것이
나는 조금 덜 슬펐을까.

# 그 땐 몰랐다

바다가 아름다운 건
그 앞에 선 네가 예뻐서였고.

그 밤에 우리가 별을 세었던 건
우리 안에 반짝이는 무언가가 있어서였다.

어떤 밤을 보내든
반드시 새 하루가 오는 건
또 얼마든지 우리가 견뎌낼 것을 알아서.

그 속에 있을 때에 우리는
우리를 보지 못하고
바다와 별과 태양만 좇았다.

우리가 얼마나 빛나는지 몰라서.

아빠, 나는 사랑을 해봤을까?

우리 딸은 바빠도 문을 나서기 전에
남겨진 신발들을 나란히 모아놓고 나가더라.
뒤늦게 외출하려 나온 현관에는
신발 한 쌍이 정갈한 채로 나를 기다려.
네가 지나간 자리는 꼭 티가 나,
나는 웃는다.

늦은 저녁 집에 도착해 주차할 때면
어떻게 해서든 네 차를 벽 쪽으로 바짝 붙이더라.
네 옆에 주차할 사람이 조금이라도 덜 피로하도록.

하루 종일 애썼을 너의 신경을 조금 더 소비하지.

다 같이 밥을 먹으러 식당에 갈 때면
왼손잡이인 네가 옆에 앉은 오른손잡이에게 불편을 줄까 봐
가장 빨리 왼편 가장자리를 찾아 앉고.

고기를 굽다가도 까맣게 탄 부분이 있으면
홀랑 집어다가 네 입속에 집어넣지.
당신들은 탄 거 먹지 말라면서.

우리 딸은 그런 아이야.
사람을 위할 줄 알지.
그런 네가
사랑을 모를 리 없다.

# 노이즈 캔슬링

듣고 싶지 않았어요.
어떤 잡음도 듣지 않고
나 하고 싶은 대로 하고 싶었거든요.

이런 날에는 이어폰이
내 신체의 일부라면 얼마만큼 좋을까요.

가사 없는 노래를 귀에 꽂고
주머니에 손을 넣어요.
그렇게 천천히 걸어요.

밤이 올 수도 있겠어요.
낮이 올 수도 있겠어요.
비가 올 수도 있겠고요.

그래도 길고 길게 걸어요.
세상의 끝에
크리스마스 마을이 있다고 믿은 아이처럼.

거기서 무슨 일이 벌어질지 모른 채
귀를 막고 길고 길게 걸어요.

# 바깥은 여름

길가에 세워둔 차에 손을 댔다가
성수동 고깃집 테라스,
지글지글 불판 위를 떠올렸다면.
아, 계절은 여름.

단숨에 비워낸
아이스 아메리카노가 아쉬워
컵을 뒤적거리면
가득 차는 얼음 부딪히는 소리.

깊지 못해 얕은 잠이 이어지는 밤들.
기계 바람에 두통이 조여와
창문을 열면 쏴아아.
밀려들어오는 열대의 새벽.
그 속을 차갑게 관통하는 도로 위 질주음.

일요일 오후 3시의 야구장을 지나칠 땐
꽝, 방망이 소리.
그리고 나른하게 벌어지는 하품.

한낮의 낮잠.
그늘 아래 펼쳐지는 연인들의 피크닉 매트.
딸깍 맥주 따는 소리.
사각사각 벗겨지는 빅맥의 옷.

여름이 내는 무성한 소음들.
그 안에 있고 싶다.
우리 한강 갈까?

# 스위밍 문

오늘 낮 한 시 오십오 분에는 수영장에 풍덩 빠지는 상상을 했다.
가을을 모조리 소진한 계절은 겨울에 가까웠고
우아하지 않은 비가 온종일 내렸다.
세상은 이토록 흥건하게 젖어 있는데
내 두 눈은 헛헛한 가뭄에 시달리고 있었다.

수영장에 뛰어들어
미온수가 흐르는 물 위에 몸을 눕힌 채 눈을 감으면
물 위로 반짝이는 윤슬들이 나를 간지럽혀.
등 아래에선 열대의 색을 입은 물고기들이 헤엄을 치고

그들이 삼킨 목소리는 아가미에 걸려 비명 하듯 퍼덕거렸다.

수심은 150m가 좋겠어.
우주가 쏘아 내린 마지막 빛이 겨우 스밀 정도의.
몸을 늘려 수직 하강해 가장 밑바닥에 다다랐을 땐
단 한 줄기의 빛만이
나의 사만 삼천 번째 머리카락 위로 떨어져 내렸다.
그때 싸늘하고 포근한 것이 잡아채듯 나를 감싸 안았다.
거대한 해파리의 소행이었다.

나는 아주 오래도록 잠이 자고 싶어졌다.
열대의 나른하고 곤한 잠이 자고 싶었다.
나의 두 눈에 물기가 차오르고 넘쳐나도록
외줄기 달빛은 나를 떠나지 않았다.

# 기대해도 좋아

가끔의 기대는 미지로 향했다.
우주를 향해 올려 보낸 풍선들이 어딘가에 모여
거대한 풍선 띠를 형성하고 있을지도 모른다고 생각했고.

띄어 보낸 조각난 풀잎은 싱싱하게 남태평양을 건너
야자가 제철인 외딴섬에 다다를지도 모른다고 생각했다.

멀리 있을 후대가 타임머신을 타고
여기 들를지도 모를 일이니까
잠깐의 만남에도 나는 나와 현존하는 것들을

충실히 대표할 수 있어야 한다고 생각했으며,
방금 420번 버스가 정차하는 버스 정류장을 물은 낯선 이가
먼 미래의 사람이었을지도 모른다고 가정했다.

뭐 그리 없을 법한 일도 아닌 것은
밤 9시에 주문한 우유와 빵이
새벽 6시 전에 로켓처럼 문 앞에 도달해 있고
파레토의 법칙에 의거,
한 사람이 일생동안 만나게 될
약 일만 칠천오백 명의 사람들 중에
그중에서도 너와 내가 최후의 인류처럼 사랑을 하는.
겪고도 믿지 못할 거창한 일들이
눈앞에서 벌어지고 있지 않은가.

미지로 향한 나의 기대들은
이토록 찬란히 내 곁에서 일어나고 있다.

# 장래희망

천문학자에서
기상캐스터에서
소설가에서

나로.

어른에 가까워질수록
꿈은 평범하고 현실적이게 됐다.
그러나 그 가능성은 점차 원대해졌다.
나의 꿈이 소박해졌다는 건

나와 꿈의 거리가 거의 근접해 있음이다.

무엇이 되려 했고
나는 내가 될 수 있었다.
이렇게 되려고 그랬다.

제법 바라왔던
나로.

# 좋은 사람들의 세계

'슬기로운 의사생활'을 보다가.
"때때로 불행한 일은 좋은 사람들에게 생길 수 있다."
라는 말에 나는 좀 화가 치밀었던 것 같다.

의과대학 산과 교과서에 쓰여 있다는 그 문장.
그때 그 문장이 나온 장면에서
나뿐 아니라 많은 사람들이 공분한 이유는
그 말이 상식의 반전 같았기 때문일까.

눈에는 눈 이에는 이,

좋은 사람들에게는 좋은 일이 생겨야 한다고
내재된 우리들은 생각한다.

나는 그런 감정이 좋다.
드라마 속 말처럼
좋은 사람들에게 나쁜 일이 생길 수도 있다.
그러나 우리의 내면은
좋은 사람들에게는 좋은 일만 일어나기를
조용히 바란다는 것.

그게 좋아서 나는
하루를 살아도 좋은 사람들과
좋은 세계에서
좋은 것들은 응원하며 살아보려 한다.

다가올 불행아, 알아둬.
좋은 사람은 함부로 건드리는 거 아니다.

# 넝쿨째 굴러온 여름

엄마와 아빠가 지금 같은 집에 살기 전에는
집 앞에 마당이 있었고
마당을 몇 걸음 내디뎌 나아가면 두 개의 넝쿨이 있었다.
넝쿨의 하나는 장미였고 하나는 포도였다.
둘 다 여름이 되면 왕성한 생육의 시기를 맞이하였는데
그 성질이 장미는 옆으로 퍼져 나가기를 좋아했고
포도는 위로 뻗어 오르기를 좋아했다.
그리하여 매어 놓은 줄을 타고
포도는 얽히고설키어 그늘이 되었고,
장미는 절로 담장의 울창한 울타리가 되었다.

나는 지금도 그 집을 좋아한다.
이제는 실존하지 않는 집이라서 이따금 그리워질 때면
낡고 해진 사진 앨범을 들춰 보는데
어느 날은 무릎에 반창고를 붙인 내가
만개한 장미 벽 앞에 서서 웃고 있고
어느 날은 까만 머리숱을 콧등까지 덮은 내가 또 웃고 있다.
하나 같이 얼굴은 검게 그을었고
눈은 찡그린 채 웃고 있는 걸 보면
여름의 정점이거나 그 근접에 다다른 계절임이 분명했다.

번성한 줄기에 비하면 포도의 열매는 실하지 못했을 것이다.
왜인지 그때를 생각하면
초록의 단단한 열매를 입에 물었다가
그 시큼한 맛에 왼쪽 볼 안 쪽과 어금니 깊은 곳 사이가
시큰했던 미각이 되살아난다.
과일로서의 구실을 못하면 좀 어때.
당도한 여름의 해를 가려주기에는 충분했으니
다른 건 모자라도 되었다.
무더위가 유독 쟁쟁한 날이면
아빠는 수도를 끌어와 호수 끝을 엄지손가락으로
삼 분의 이만큼 막아 쥐고

포도넝쿨을 향해 물줄기를 분사했다.
그 아래서 동생과 나는 휘날리는 안개비를 맞으며
빙글빙글 돌았고
발 끝으로는 무지개가 떨어졌다.

그 시절의 여름을 떠올리면
그늘이 드리웠고 빽빽하게 에워싸여 있었지만
그 안에서 우리는 느슨했고 해이했다.
넉넉했고 따뜻했고 웃겼다.
여름이 따뜻해서 좋았다고 표현하다니
해장국 마시고 시원하다, 라고 하는
우리 아빠의 아이러니와 시적 허용을 닮았구나.

설명하기 나쁘지만 설명하지 않아도 어딘지 좋은 것.

# 흑역사 분실 사건

지갑이 사라진 걸 알아챈 순간
눈앞이 캄캄해졌다.
고심하고 고심해서 산 건데.
새로 산지 3개월밖에 안 된 건데.
평소엔 몇 천원이 전부였으면서
그날따라 오만 원권 지폐가 두 장이나 들어있었고,
반듯하게 꽂혀있던 네 장의 카드.
분실 신고 접수, 재발급 신청은 언제 다 하지.

이런 부수의 것들을 차치하고

가장 안위가 걱정된 것은
나의 주민등록증이었다.

25살의 내가 로봇 미소와 함께 박제된 민증.
그리고 내가 살고 있던 당시의 현주소.
강남구 역삼동 XX빌라 B01호.

25살의 나는 강남역 일대의 7평 반지하 원룸에서
꿈을 키우는 취준생이었다.
가장 지쳐 있었지만 생기 넘쳤고
가장 예뻤지만 눅눅했던 나의 날들.
결코 잃어버려서는 안 될 나의 역사였다.

이제 나는 반지하에 살지 않는다.
해가 잘 드는 곳을 좋아하게 되었다.
하지만 그때보다 화창하지 않은 날도 있다.
지나고 보니까,
예쁜 순간은 어둠 속에서 피어나기도 한다.
내 안에 빛이 있으면 그 빛이 양분이 되어서
때 이른 여린 꽃을 피워낸다.

다행히 지갑은 선량한 초등학생 친구들에 의해
가까운 편의점에 맡겨졌고
만 하루 만에 나의 손에 돌아왔다.
소중한 나의 흑역사가 돌아왔다.

이때 나, 참 예뻤다.
이때의 나는 믿지 못하겠지만.

# 당근이 싫어

당근이 싫어요.

장차 나이가 들면 입맛이 바뀌기도 한다지만

아직은 30년 넘게 당근이 싫어요.

익은 당근은 되도록이면 참을 수 있게 트레이닝 되어서

김밥이나 카레, 잡채에 곁들여진 정도는

먹어줄 수 있게 되었지만

생 당근은 도저히 무리예요.

나에게 생 당근은 토끼 또는 말의 식사일 뿐

나와의 직접적 연계성을 찾기 어렵고.

지금까지 싫었으면 진심을 다해 싫은 것 아닐까요.

지금까지 싫었던 걸
굳이 이제와서 좋아해야 할 필요가 있을까요.

"당근을 안 먹으니까 네가 밤눈이 어두운 거야."라는
말을 들었어요.
"나중에 너의 아이가 당근을 안 먹는다고 하면 어떡할 건데?
골고루 먹지 않아도 된다고 말할 수 있어?"라는 말도 들었어요.

그럼 나는 소곤이 웅얼거려요.

"먹지 말라고 하지 뭐."

당근의 결핍으로 나의 밤이 유난히 캄캄한 거라면
내일부터 함유량 높은 루테인을 섭취할게요.
싫은 걸 계속 싫어할 수 있는 고집도 존중받아야 해요.

# 해로운 조합

머리를 감고 나서 수건을 두른 채 딴짓을 하면
앞머리가 제 멋대로 꼬여버린다.
한 번 꼬여버린 머리카락은 풀릴 줄을 모르고,
온 신경이 그리로 가니까
종일 앞머리만 잡아당기다 나의 하루는 끝이 난다.

6시간 이상 잠을 푹 자지 못하면 눈에 날이 선다.
다음 날 렌즈를 넣는 순간 왼쪽은 반드시 찢어지고,
찢어진 렌즈에 베인 흰자위 아니면 검은 동공 어디쯤은
종일 시려워서 인공의 눈물을 흘려야지 견딜 만 해진다.

나를 위해 하지 말아야 할 것들과
해야 할 것들을 잘 알면서도
무심결의 행동과 순간의 방심으로
나는 나를 다치게 했다.

어째서 이렇게 연약한 왼쪽 눈과
약해 빠진 다짐들을 타고났지.
하지 않기로 한 건 하지 않았어야지.
머리에 수건을 두른 채 오래도록 멍해지는 일.
밤새 잠도 못 자고 너를 망설이는 일.
그런 일들을
더는 하지 않기로 해.
아플 걸 알잖아.

# 비수술 코 성형법

안 먹고 운동할 거야.
앞머리 기를 거야.
인스타그램 끊을 거야.

사람이 말은 하는데
들어먹지를 않는다.

밥 먹듯이 하는 말.
숨만 쉬면 하는 말.
내가 하는 3대 거짓말.

이러다가 거울을 보면

코가 3mm는 높아진 것 같은 건 내 기분 탓일까.

# 생선

집에 돌아와 옷을 갈아입으려 할 때
바닥으로 툭 생선 한 마리가 떨어졌다.
이것저것 붙이고 다니는 성격 탓에
또 어느 식당으로부터 멸치 한 마리를
테이크 아웃해 온 것이다.

어디, 언제부터 내게로 달라붙어 있었던 걸까.
출처를 추적해 본다.

'점심으로 먹은 백반집이었구나.

응? 멸치 반찬 없었는데?'

깜깜한 방바닥에 쓰러진 멸치를 보다가 생각한다.
이따금 밀려드는 슬픔과 걱정 같은 감정도
싫은데 자꾸만 신경 쓰이는 그 사람도
멸치와 같은 것일지 모른다고.

본래 내 것이 아니었던.
어디로부터 따라 붙은 것인지도 모를.
의도하지 않았음에도 나의 것이 되어버린.

어쩌면 내가 이 감정 저 감정 달고 다니는 건
이 사람 저 사람 끌어안고 사는 건 다
이 붙임성 좋은 성격 탓일까.
2cm의 멸치를 보다가 멸치보다 가볍게,
그렇게 그러려니 한다.

새
시,
세
시

오늘은 새벽이 나를 깨웠어요.
새벽도 외로운 날이 있을 거니까
그 시간을 함께 보내요.

따뜻한 차를 끓여 올까요.
상온의 맛도 괜찮다면
미지근한 귤을 하나 까줄까요.
보관함에는 영화와 책과 음악과 고요가 있어요.
무엇으로 줄까요.

밤은 점차 희미해지고
좋아했던 것들이 선명해지는 시간.
이 새벽에는 무엇을 꼭 해내야겠다고
필사적이지 않아도 돼요.
사라진 하나의 밤이 생겨난 거니까
서서히 아껴주고 느슨하게 즐겨주면 돼요.

다시 잠자리에 들 땐
당신에게 메시지를 보낼게요.

오늘은 새벽에 눈이 떠져서
당신 생각을 조금 더 할 수 있었다고.
그리고 나와
조금 더 친밀해졌다고.

# 진화론

피카츄는 자라서 라이츄가 되었고
파이리는 자라서 리자몽이 되었다.
나는 자라서 무엇이 되었을까.

티라노사우르스는 훗날에 새가 되었을 수도 있다던데
타조의 핏속에는 티라노사우르스가 흐르는 걸까.

우리가 배운 포켓몬학적 진화는
커지고 무시무시해지는 것이지만
사실은 작아지고 힘이 없어지더라고

가장 안전하게 온전하게
나를 지켜내는 방향으로 흘러가는 것이
진화일지도 모른다.

기세가 소멸해 가는 세계에서
간헐적인 사냥과 반복되는 굶주림 대신
몸집 줄이기를 그들을 구원할
가장 완벽한 방법으로 채택한 한 종족처럼.

나는 자라서 왜소하고 평범한 어른이 되었지만
내구성 강한 재질로 진화했고
다른 누구보다 단단한 기세로 나를 지켜내고 있다.

# 똥손의 옆은 금손

나는 조금 엉성한 사람인가 봐요.
내가 무언가 하고 있을 때면
"그거 내가 해 줄까요?"라는 말을 줄곧 듣습니다.

인문학부 2학년 때도 그랬고
대리님일 때도 그랬고
나의 후배님들은 늘 나를 지그시 보다가
"그거 내가 해 줄까요?"라는 말을 합니다.

나는 엉성해서

삐뚤게 박힌 스테이플러의 심을 뽑아내는 일도
길게 늘어진 현수막을 반듯하게 말아내는 일도
왜인지 잘할 수 없지만.

엉망이었더니 빈틈만 많았더니
이만큼 꽉꽉
다정한 사람들이 곁에 있어요.
똥손의 바로 옆은 금손인 걸까요.

그들의 길고 온도 높은 한숨 속에
잘하는 게 없어도 다 잘하는 상태로
오래오래 썩 잘 지낼 것 같아요.

# 백조

사람들은 요즘 다 백조 같다.
하나 같이 자태에 윤이 나고 만연한 미소를
순백의 얼굴 위에 걸었다.
아우라, 우아, 같은 말들이 그들에게 찰떡처럼 붙었다.
부산하거나 안절부절못해 위태하거나 종종거리는 모습은
되도록 눈을 씻고도 찾아볼 수 없다.
그런 태도들은 오로지 나 홀로의 전유물이 되었다.

나도 그들을 따라 시선을 떨군 채 커피를 마시고
조말론 향수와 애플 워치를 샀다.

백조의 손목에 감긴 애플 워치에 나는 눈이 가고 마니까
사람을 백조로 바꿔주는 비장의 장치가 그것일지도 모른다고
나는 전력을 다해 그것을 가졌다.

그래, 나도 백조가 되고 싶었다.
검은 물밑을 퍼덕이기 바빠도 좋으니
불행, 성급함, 결핍과는 하나의 알고리즘일 수 없는
잔잔한 호수의 해피 엔딩이 되고 싶다.

얼마 전에는 친구들과 대화 끝에 선언을 했다.
'관상은 과학이고 얼굴은 인성이야.'라고 했다.
찬미, 평화, 순수를 갖춘 얼굴을 한 사람을 발견했을 때
어딘가 괴팍한 구석이 있을 거야, 라고 의심했던
과거의 삐딱함은 예전에 종적을 감췄고
분명 성격도 좋을 거야, 라고 이제는 생각한다.

도처에 깔려 있는 행복들을
우아하게 주워 한 점 베어 물 수 있는 재주.
비록 물밑의 두 다리는 분주하겠지만 그 모습이 마냥 부럽다.

저 백조들이 글쎄 사람이라고?

나는, 미운 오리 새끼는,
어느 날에는 꼭 백조가 될 수 있을까.

누가 사람이고 뭐가 백조인지도
어디부터가 현실이고 어디까지가 꿈인지도
가늠할 수 없는 동화적 SNS 속을
까닥까닥 훑다가 나는 혼란한 밤에 주저앉는다.
자라기를 멈춘 미운 오리인 채로.

# 토끼 두 마리

못하는 건 잘하고 싶고
잘하는 건 더 잘하고 싶어.
욕심일까.
그게 많이 나쁜 걸까.

저기요.
나를 관장하는 누군가여.
듣고 있다면
그게 많이 나쁜가요?
그냥, 잘하고 또 잘하게 해 주면 안 되나요?

잡게 해줘요.

두 마리 토끼.

# 밤의 안녕

조금 고단했던 하루의 끝.
무거운 잠이 스르르
몸 위로 내려앉는 시간.

눈은 도저히 도저히
떠지지가 않는데
입가에는 사르르 미소가 번진다.

오늘 꽤 열심히 살았나 봐.

일기도 써야 하고
어제 못다 본 영화도 봐야 하고
12시가 되면 친구에게
생일 축하 메시지도 보내야 하지만

이런 밤엔 그냥 자자.

잠이 너를 안아주고 싶어서
조금 서둘러 왔대.

그거 알아?
넌 잘 때가 제일 예뻐.

당
부

네 앞에 당도한 실험적 사랑과 삶.

선택은 늦어도 돼.

그 선택에 대해 무책임하지만 말아줘.

## 모월 모일

떨리는 손목을 다른 손목으로 눌러가며
몇 장의 노트를 낭비해가며
오늘의 밤을 다 써가며
잘해보고 싶은 마음.

너의 어머니께도 감사해.
이건 꾹꾹 눌러쓴 나의 진심이야.

이 말을 하려고
너보다 내가 더
오늘을 기다렸다.

생일 축하해.

태어나줘서 고마워.

# 4부
# 사랑의 쓸모

## 그래도 삶은 계속, 사랑

# 아침의 형태

아침을 닮은 것들은 모난 것이 없다.
침대 끝까지 슬라임처럼 내려가 늘어지듯 몸을 일으켜
거울에 나를 비추면 내 얼굴은 어제보다 동글동글해.
어젯밤에 먹은 퉁퉁 불은 라면이 제구실을 해냈다.

뽀얀 머그컵에 4분의 3만큼 우유가 채워지면
전자레인지 앞에 턱을 받치고 앉아 1분 30초를 기다린다.
잠시 눈을 감았을 때 너의 얼굴이 배어 나오면, 깜짝이야,
내가 가령 웃고 있어도 아직 자고 있나 봐.
네가 있는 꿈결 속에서.

달아오른 우유를 꺼내 들고 창가로 바싹 다가선다.
막 태어난 아침이다.
길 위로 쏟아지는 햇살은 투명하지만
웜톤의 빛을 내뿜고 있었고,
밤새 달을 안아주었던 구름은
하늘로 스며 사라질 듯 깊은 잠에 빠졌다.

작은 꽃들에 닿은 바람은
꽃들의 귀에 대고 아낌없이 속삭인다.
너는 소중해.
오늘 나의 숨이 닿을 곳곳에서도
나의 작은 하루가 꽃처럼 피어나겠지.
숨결마다 속삭여 볼까.
나도 어쩌면 소중해.

모난 데 없는 아침을 보다가
난 데 없는 나까지 동글해져 버렸다.

# 오늘 너의 노래는 어때?

밥은 먹었냐고 안부를 묻듯
"오늘 무슨 노래 들어? 같이 듣자."
라고 말해주는 사람이 있었다.

신이 나서 들었던 일요일의 '선데이 모닝'
두 볼에 눈물이 내려 들었던 '비도 오고 그래서'

그의 물음에 나는
오늘 종일 듣고 있었던 노래를 알려주고
그것으로 그는 나의 기분을 들었다.

"오늘 기분 어때?"라고 물으면
사실대로 말하지 않을까 봐.
속마음은 등 뒤에 숨겨둔 채
"괜찮아."라고 할까 봐.
그는 나의 기분 대신
나의 플레이리스트를 물어봐 주었다.

가사 하나하나
빠짐없이 내 얘기였던 그 노래를
그가 같이 들어주니까
내 마음은 좋아서 한층 밝아졌고
나쁘지만 그럭저럭 호전이 되었다.

내 마음이 읊조리는 음률을
누군가 같이 들어준다는 것.
참 고마워서
휘몰아치던 나의 하루가
너와 같이 그루브를 탄다.

# K-사람

참 예쁜 거 같아.
광역버스가 멈춰 서는 버스정류장 앞.
나란히 줄지어 선 사람들.
누구도 입 밖으로 얘기하지는 않지만
더 오래 기다린 사람에게
먼저 타라고 따스한 양보를 건네는 것만 같아.

그뿐이 아니야.
뒤에서 달려오는 앰뷸런스를 위해
내 차를 옆으로 비켜서 준다든지.

소중한 누군가를 위해 가지런히 수저를 놓아두고.
배달음식을 주문할 때는 배달기사님에게
'조심히, 안전히 와 주세요.' 같은
메시지는 남기는 일도.

오늘 만난 친구가 낮에 우연히 들른 책 카페 화장실엔
까만 머리끈이 소복이 놓여 있었대.
책을 읽는데 자꾸만 흘러내리는 머리카락이
당신의 독서를 방해한다면
그것으로 묶어주라고.
그래서 친구는 퍽 행복해지고 말았대.

우리에겐 타인을 배려할 준비가 되어 있어.
친절하고 다정하게 명시된 마음들에
나는 가끔 울컥하거나 흐뭇해지는 것 같아.
참 예쁘고 따스해서.

야행성 호우

잠결에 어렴풋이 눈을 떴을 때
쏴아아 —
시원한 물소리가 들려왔어요.

샤워기를 켜놓고 잤나 봐!
잠시 나를 의심했다가
찬찬히 들어보면
창밖에는 비가 내리고 있습니다.

여름밤이었어요.

근래 기억하는 그 계절의 밤비는
모두 아침이 되면 멈추었습니다.
낮과 밤의 기온차가 커서
대기가 불안정했던 거래요.

아침에는 차가 조금 더 막힐 거고
늦었다고 앞뒤 안 재고 뛰었다가는
바지 자락에 흙탕물이 수 놓이고 말 거예요.

하지만 오후에는
예쁜 하늘을 볼 수 있겠어요.

당신의 밤에도 비가 왔나요?
곧 예쁜 하늘을 보겠네요.

우리보다 훨씬 어른인 지구도
밤에는 종종 불안정해집니다.
그런 거라니 참 다행이죠.

# 발밑에 행복들

또 있을까 싶은
또 올까 싶은

이렇게 행복해도 되나 싶은 순간들은
손바닥 위의 모래알 같아서.

바람이 불면 휘 하고 흩어지고
놓치지 않겠다고 더 꼭 움켜쥐면
기어코 손 틈 새를 빠져나가 버린다.

아쉬워할 것도 슬퍼할 것도 없다.
흩어지는 것들은 흩어지도록
가만히 보자.

발밑에 떨어진 모래알들은
거기 그대로 있을 테니.

다음의 바다에서
우리는 다시
예쁜 모래알들을 만나게 될 테니.

다가올 날에도
어느 때보다 밝고 곱게 부서지는
모래알들이
발밑에서 빛나겠지.

행복은 늘 거기 있다.
바다가 늘 거기 있는 것처럼.

## 아직 식지 않았어

세상은 제법 따뜻함을 믿는 사람들에겐 따뜻함을 내어주었다.
바깥이 한파일 때 네가 건넨 테이크 아웃 커피는
나의 손바닥 세포들을 일제히 일으켜 세울 만큼 저릿했다.

목소리가 듣고 싶어, 불쑥 엄마에게 전화를 걸었을 때
들려온 '딸, 너무 애쓰지 않아도 돼.'라는 말은
세상의 어떤 냉소도 녹여낼 뜨거운 위로였다.
나는 그로써 박차고 일어나 살아 움직였고
나의 몸에선 열이 붙기 시작했다.

산타 할아버지는 이 날씨에 어떻게 가운만 걸치고
비행을 할까.
혹시 새하얀 수염이 발열 구스 솜은 아닐까.
계절은 겨울에 다다르고
나의 세상은 따뜻함이 만연했다.

그렇게 믿었다.

# 수영

무서웠다.

호흡을 한다는 것.

태어난 순간 지극히 터득할 수밖에 없었던

단조롭고 일차원적인 그 행위를

내가 타인에 의지해 배우고 있었다.

들숨과 날숨을 버벅거리니까

코에 물이 들어찼고 목이 매웠다.

역류한 물이 눈에서 솟구쳐 나올 것도 같았다.

말을 듣지 않는 것은 심폐의 기능뿐이던가.
왼팔을 저었으니 다음 순은 오른팔을 젓는 것이 당연했고
힘차게 발길질을 해야 앞으로 나가는 것은 섭리인데
팔다리를 의지대로 제어할 수 없었다.

곤경에 빠졌을 때 비로소 내가 가진 신체의 기능이
얼마나 탁월하고 감사한 것인지를 깨닫는다.
걷고 달리기에 적합했고
잠자는 시간에도 폐와 심장은 쉬지 않아서
지상에서의 삶을 윤택하게 누리기에 좋았다.

그러나 수중에서는 발산할 만한 뚜렷한 특색이 없었다.
다행인 건 아가미가 없지만 엇비슷한 폐가 있어서
지느러미가 없지만 두 팔과 두 다리가 있어서
한 번도 가보지 못한 그곳을 모험할 용기를 품을 수 있었다.

파도를 거스르는 일은 힘에 부칠 것이다.
인간으로서는 도저히 그럴 수밖에 없다.
그럼에도 어푸어푸 헤엄쳐.
어느 때에 힘을 풀고 뒤돌아 보면
해안은 아, 아득히 멀어져 있을 테니.

부디 육지를 누려 살라고 만들어진 몸이지만

바다를 꿈꾸기에 우리는 부족함이 없다.

# 천천히 다 먹어요

하루 종일 지쳐 있었지만
저녁의 식탁 앞에 앉으면
원천을 알 수 없는 에너지가 솟아난다.
잘 차려진 음식들을 앞에 두고
힘 빠져 있으면 안 되니까
나는 주먹을 불끈 쥐고 기개 있게 말해주었다.

"천천히 먹으면 다 먹을 수 있어."

그런데 왜 책상 앞에 앉으면

원천을 알 수 없는 피로감이 밀려들까.
이러지 말고 내일부터는 말해주어야지.

"천천히 하면 다 할 수 있어."

소박해도 잘 차려진 미래들이 내 앞에 있다.
그것들이 서운해하면 안 되니까.
천천히
모조리 다 할 것.

# 봄은 짧아

젊으니까 고생하라는 말.

어리니까 아프라는 말.

나에겐 무책임했다.

젊을 때 하는 건 고생도 아니라는 말.

어리면 아플 것도 많다는 말.

나에겐 무력함이었다.

이제 와서 더 확연해지는 건

그때 내게 쏟아진 말들은

무책임과 무력함이 맞았다는 것.
내가 잘못되지 않았다는 것.

나이가 얼마만큼이든
모든 시작은 서툴고 힘든 거잖아.

그 후 많은 계절을 거쳐 왔지만
나는 여전히 시작이 버겁고
시간이 지나고 나면,
익숙해지면,
그나마 조금은 나아진다는 걸
알게 된 나이가 되었다.
하지만 힘든 건 힘들어.

그러니까 나는 네가
너의 봄에게 짐을 지우지 않았으면 해.
어리니까 아파야 하는 건 아니더라.
예쁘게 피어나기만 하기에도
봄은 짧다고.

# 여행을 하는 법

매일 아침 여행을 떠났다.

새로운 장소,
새로운 사람,
새로운 흥미를 찾아서.

삶은 새로운 것들로 채워질 때
풍요로워진다고 믿었거든.

그러던 어느 날

늦은 아침을 먹고 대충 모자를 눌러쓰고
딱히 할 일이 없어서 들른 서점,
서가 구석에 앉아 책을 고르다가.

문득 내가 있어야 할 곳에
내가 있다는 느낌이 드는 거야.
전혀 새롭지도
전혀 놀랍지도 않은 경험,
그런 장소에서
갑작스레 퍽 행복해지고 만 거야.

매일이 새롭지 않아도
괜찮은 거야.

내게는 무릎 나온 편한 바지와 튼튼한 운동화,
쉬어 갈 서너 개의 벤치와
나만의 작은 요람이 있어.

폭

사람이 어디까지 게을러질 수 있는지 시험을 해보면
사람은 언제까지 게으를 수 없음을 알게 된다.

설거지를 찰랑이도록 쌓아보고.
거울을 희뿌연하게 닦지 않아 보고.
펜과 두뇌를 아껴 써보고.
침대와 온종일 한 몸이 되어본다.
허리가 먼저 아플까, 좀이 먼저 쑤실까.
지금 테스트 중입니다.

그러다 결국에는 버티지 못하고
무언갈 하고야 마는 나는
얼마나 생에 능동적이고 바지런한 사람인가.

한없이 게을러지고 싶은 날에
내게 필요했던 건
한심하다는 핀잔이 아닌
너 그동안 열심히 살아냈구나, 하는
이해와 격려였다.

게으름은 범죄가 아니라
어제까지 쉴 틈 없이 살아온 내가
오늘은 꼭 받아야 할 특별상이니까.
푹 쉬고 일어나서 하면 되니까.
지금은
푹 먹고
푹 자고
푹 놀 것.

# 안구보습

하나, 둘, 세 번의 깜빡임.
그래도 안 되면
턱을 당겨 억지 하품을 지어냅니다.
동그란 눈물이 눈가에 고입니다.
하나, 둘, 세 번의 깜빡임으로
동그란 눈물을 공평하게 나누어주면
눈가는 금세 비옥해집니다.

깨어있는 시간의 대부분에
렌즈를 외투처럼 걸치고 생활하는 나의 눈은

일정량의 수분을 반드시 필요로 합니다.
눈동자와 렌즈의 사이는 고도로 밀접해서
조금의 빈틈도 없어 보이지만
사실은 적당한 수분막이
샌드위치 햄처럼 끼워져 있습니다.
그게 만약 바짝 말라버리면
그날은 인생이 꽤 퍽퍽해집니다.
의도치 않게 누군가를 신경질적으로 보게 되고
눈 하나 불편하다고 보이는 모든 게 싫어져서
1초라도 빨리 집에 가고 싶어집니다.

식사를 마친 오후 1시의 식당 앞.
하늘을 올려다봅니다.
오늘의 하늘엔 촉촉함이라곤 없어요.
대기는 건조했고 메말랐습니다.
휘날리는 먼지처럼 눈앞을 떠다니는 상념과 걱정들을
덮어내려 줄 무겁고 포근한 비가 와줬으면 해요.
긴 막대라도 가져와서 콕 찌르면 비가 쏟아질까요.

우리에겐
일정량의 수분이,

눈물이,

슬픔이 절대적으로 필요해요.

울 것 같은 날엔 망설이지 말아요.

캄캄한 이불 속에 숨어 고양이처럼 몸을 동그랗게 말고

동그란 눈물을 흘려요.

우리가 머금는 눈물은

두 눈을 보호해 줄 것이며,

마음의 상념과 걱정들을 잠재워 줄 거예요.

그러니까 필요한 날에는

애써 방어하지 말아요.

무겁고 포근한 눈물을 반드시 흘려주세요.

## 하지만 괜찮아질 거야

신변이 복잡한 날에는 무해한 일들을 한다.
이를테면 손빨래 같은 것.
세면대 가득 비누 거품을 채우고
잔 때를 물에 적셔 온 정성을 다해 비비댄다.
지워지지 않을 것 같았는데
차츰 흐릿해져 가는 것들을 샅샅이 지워낸다.
내 속에서 지워낸다.
말끔해진 옷을 보면 손끝이 아려도
좋아지는 기분을 숨길 수가 없잖아.

그리고는 책상에 앉아
좋아하는 영어 노래의 가사를 노트 위로
한 글자 한 글자 꾹꾹 눌러써본다.
그 밑에는 나의 언어로 대치된 말들도 적어본다.
단어는 단어로 대체가 된다.

삶은 정해진 답이 없는데
단어는 단어로 정해지니까
그런 명료함이 위로가 되는 날이 있다.

이런 것들로 시간을 보낸다고 해서
지금 나에게 벌어진 사건이 없던 게 되지는 않겠지.
허나 어떤 사건은 시간이 해결해 주는 것도 있어서.
시간이 저 끝까지 흐를 때까지
잡다한 생각이 나에게 발을 들이지 못하도록
하루를 들여 꼬박 수고를 해본다.
무해한 일들에 몰두해 본다.

오늘 써 내려간 노래에는
이런 가사가 있었다.

Fine.

But I'll be fine.

수많은 가시 선연한 단어들을 겪고도

오늘 가장 마음에 든 가사가

이토록 희망찬 안부인 걸 보면.

나, 곧 괜찮아지려는 거지.

# 번외의 날

마음 놓고 자게 해준 날이 없었다.

밤 11시.

해야 할 것들이 아직 많은데

혹시 잠들까 30분마다 알람을 맞췄고.

해가 좋은 주말.

모처럼 친구들과 시간을 보낸 후에도

결국은 다시 눈을 비벼 노트북을 열었겠지.

좋아하는 수요 웹툰을 볼 때도

코인 노래방에 갔을 때도.
신나게 놀았지만 어디서부턴가
죄책감이 밀려왔을 거야.

잘하고 싶었던 마음이
널 이만큼 긴장감 많고 엄격하게
생성해 놓았나 봐.
잘했어, 다 잘했어.

그렇지만 가끔은
네게 번외가 있었으면 해.
수많은 너의 날들이
넘쳐나는 과로들로 밀려나고 있잖아.

법이 정한 근로 시간은 8시간.
이상적 수면 시간은 7시간.
그리고 남은 9시간은 무얼 해도 좋을 시간.
하고 싶은 것도 해.
이건 엄연한 합법이야.

# 내가 좋아하는 사람

잘 먹는 음식은 뭘까?

싫어하는 행동은?

자주 가는 카페는 어디지?

주말에는 무얼 하고 보낼까?

좋아하는 사람이 생기면

그 사람의 모든 것이 궁금해져.

그래서 말인데

오늘 나, 좋아하는 사람이 생겼어.

정확히 말하면
오늘부로 그 사람을 좋아하기로 했어.

좋아하기로 했다면 계속해서 알아가야 해.

좋아하는 색은 뭐지?
가보고 싶은 곳은 어디일까?
아팠던 어느 날,
이루지 못했던 마음까지도.
전부 다 알아줄 거야.

더 이상 좋아하지 않는 날까지 계속할게.
그런데 그럴 일은 없겠다.
그 사람이 나라서.
알면 알수록 더 사랑하게 될 나일 테니까.

오늘 나는 나를 좋아하기로 했다.

# 그냥 좋은 쪽으로

오후 5시는 느리게 흘러가니까
반쯤 잠든 눈으로 스륵스륵 인스타그램 게시물을 내리다가
한 영상에 마침내 눈이 떠졌다.
전문가 두 명이 나왔고
툭하면 '아무거나 좋아.'라고 말하는 사람들에게
언젠가 사고가 날 수도 있다는 충고였다.

그들이 말하는 사고는 언제 발생할까.
나의 인생에서 가장 중대한 결정을 해야 하는 때에.
그때에 스스로 어떤 결정도 하지 못해서

삶의 자주와 독립성을 잃을 수 있다는 것이다.
선택과 결정을 해 본 적이 없으니까.

나는 선택 장애가 맞고, 결정 장애도 맞다.
물론 사적 취향과 호불호가 있지만
나의 선택을 상대방이 어떻게 생각할지 몰라서
나의 결정이 어떤 결과를 만들지 몰라서
상대를 배려한다는 핑계로 선택과 결정을 미루고는 했다.

하지만 미리 걱정한 일은 늘 그랬듯 일어나지 않았다.
우리 가까이에 선택을 맡은 친구, 추진력을 맡은 친구.
그런 친구 하나쯤은 꼭 있잖아.
그 친구들이 무얼 결정해서 큰일이 난 적이 있었나.
사실 없었다.
그냥 조금 덜 맛있는 음식을 먹게 되거나
웃기고 슬픈 에피소드 하나를 적립하게 되거나.
딱 그 정도 선이었다.

달라져야 해.
선택 장애도 연습하면 극복할 수 있을 거니까
작은 것부터 결정해 보는 연습을 하자.

선택의 기준은
그냥 내가 좋은 쪽으로.

1. 오늘 집에 가는 길에는 편의점에 들른다.
2. 맥주 냉장고 앞에 선다.
3. 맥주 4캔을 내 마음대로 고른다.

핫한 거 말고
생전 맛있다는 소문을 단 한 번 들어본 적 없는
그냥 내가 좋은 쪽으로.

# 예측 가능성

여기 계속 있을 것 같던 사람이
나를 떠나기도 한다.

영영 섞일 수 없을 것 같던 사람이
나의 주변이 되기도 한다.

살아볼 만한 삶이고
해볼 만한 사랑이다.

예측 불가능의 연속 속에

지루함 없이 전개되니까.

# 발라버려

흰밥 속에 희박하게 박힌 콩알도
세상 조그마한 갈치 가시도
잘 발라내면서
생선뼈만도 못한 그 사람은
왜 발라내지 못하는 걸까.

먹기 싫은 콩알을 한 알 한 알 빼냈던 성실함으로
미세한 생선 가시를 한 점 한 점 걷어냈던 세심함으로
기필코 내게 선할 수 없는 그런 사람은
정성껏 발라내 주자.

삼킬 수 없으면 물고 있지도 말아야 해.

내 입속만 다치니까.

# 당신, 또는 나

그 채로 아름다워요.

이 말조차 누군가는 바보 같다 하겠죠.

물렁한 사람들이나 하는 위로라고 하겠죠.

언제부터 나의 매력이 멍충미여야 했는가

나도 잘 모르겠어요.

그러나

아름다운 걸 어떡해요.

지금의 내가 어디든

잘하고 싶어서 계속 온 건 맞는 걸요.

멋있어요.

이 노력, 이 피 땀 눈물을 누가 알아줄까요.

됐고.

나는 알고 있거든요.

# 일년 전 오늘

잘 안된다고 침울해지면 안 돼.
오늘은 아무것도 하지 말고
침대 위에 늘어져
일기장이든 인스타그램이든 핸드폰 속 사진앨범이든
어디든 뒤적거려봐.
지난날 내가 해낸 것들을 돌이켜 감상으로 마주해.

일년 전 오늘에는 무얼 했어?
이년 전 오늘에는 무얼 했지?

이것도 했었고 여기도 갔었네.
이날 나 정말 웃겼는데.

내가 못할 게 뭐 있어.
지금의 그 일은 안 되는 게 아니고
시간이 필요한 일이거나 다른 방식으로 완성될 일인 거야.
나의 지난 기록들이 나의 업적을 말해주잖아.
괜찮은 나였고 괜찮을 나라고.

# 불면의 먼지

내가 밤에 자꾸 깨는 건
목이 말라서, 화장실이 가고 싶어서만은 아니었다.
상념에 쌓인 미세하고 자질구레한 것들이
자꾸만 내 머릿속 어딘가를 짓눌렀고
짓눌린 그 언저리는 카페인보다 강력한
각성을 일으키는 뇌의 한 지점이 분명했다.
그러니까 눈을 감고도 나는 뜬 눈인 날이 많았다.

내가 밤에 자꾸 깨는 건
어쩌면 먼지가 쌓이는 것만큼 자연스러웠다.

괜찮을 거라고, 별일 아닌 거라고, 가만히 내버려 둔 것들.
제아무리 깃털 같은 것들이었대도
언젠간 중력의 무게를 이겨내지 못하니까
켜켜이 내려 쌓일 수밖에 없었다.

그냥 큰일이라도 되는 것처럼 야단법석을 떨어야 했다.
그럼 금세 털려나갈 것들이었으니까.

"나 걔랑 12번은 헤어지고 12번은 다시 만난 거 같은데.
오늘 13번째 헤어졌어.
근데 눈물이 또 나네?"

"나보고 감사합니다, 라는 말 말고는
할 줄 아는 말이 없냐는 거야.
뭐가 감사한지 어디 말해보라는 거야."

별것도 아닌 일로 야단을 피워야 해.
친구에게 전화해서 소란을 피워야 해.
귀 뜨거우니까 이제 끊어, 라고 말할 때까지 아무 말이든.

어떤 것들은 묵히기보단

어떤 식으로든 탈탈 털어내어야 한다.

# 친애하는 밤에게

가끔은 외로울 것.

단독의 나와 마주할 것.

마음의 옆구리에 친밀한 베개 하나를 낄 것.

그대로 든든할 것.

그림자가 아닌 빛이 될 것.

그림자가 될 거면 차라리 어둠이 될 것.

울 거면 울 것.

누구의 무엇으로 설명되지 말 것.

나의 수식어는 내가 정할 것.

나는 나일 것.

그리고 홀연히 나아갈 것.

마지막으로 지금,
쏟아지는 잠에게는 질 것.

# 눈오리

밤새 귀여운 마음을 가진 사람들이 다녀간 걸까.
곳곳의 벤치 위로 눈오리 군단이 진을 쳤다.

'사랑스러워.'

차곡차곡 소리 없이 쌓여 드니까
눈은 사랑의 속성을 닮았다.
사랑이 과연 어떤 모양일까 궁금할 때면 나는
오늘처럼 눈이 그친 날의 거리를 걸었다.
아, 사랑은 눈오리.

눈은 사랑을 닮아서, 사랑은 눈을 닮아서,
사랑의 형태는 탐스러운 눈오리가 아닐까.

한 번은 겨울에게 절도를 범한 적이 있다.
눈이 몹시도 예쁘니까
나는 그것들을 주먹 하나만큼 집어서 단단한 구체를 만들고
투명한 테이크 아웃 컵 안에 넣었다.
그리고는 재빨리 냉장고 앞으로 달려갔다.
그 후로는 몇 날 며칠 틈만 나면
꽁꽁 언 스노볼을 꺼내어 보았다.

생각해보니까 무엇을 함부로 취한 것이
그때가 처음은 아니었다.
나는 잠실 야구장에 있었고
야구가 아닌 치킨에게 자꾸 눈길을 주자
파울볼이 날아왔다.
나는 반사신경처럼 손에 있던 모자를 휘둘렀는데
그 공이 하필 내 모자 속으로 쏙 빨려 들어서
집으로 가져와 버렸다.
불가피했다.

여름 제주,

8월의 바다,

부서지는 태양을

캐리어에 가득 담아온 적도 있다.

사라져 버릴 기쁨들이 아팠고 잠시만 더 내 곁에 두고 싶었다.

이건 그냥 얼음 덩어리가 아니고

올 겨울 첫눈의 기록이라고.

이건 그냥 날아든 공이 아니고

간절했던 2 아웃 2 스트라이크 3 볼이라고.

이건 그냥 흔한 제주가 아니고

내 숨을 트이게 한 빛이고 공기라고.

그땐 그랬다.

그런데 나는 아직 너에게선 무엇도 가져오지 못했다.

미끄러지듯 구부러지던 눈썹도.

네가 바꿔놓은 일대의 온도도.

이 모든 것의 촉발이 된 너의 웃음도.

나는 아직 갖지 못했다.

만약에 어느 날에 너와 손을 잡게 된다면.

너의 온기를 조금만 훔치고 싶어,

내 손을 평생 씻지 말아 버릴까.
너와 내가 일치한 순간이 사라지지 못하게.

어느새 몰려든 눈오리 군단이 나를 보고 웃는다.
꽥꽥.

# 가장 용감한 일

그땐 도저히 용납할 수 없었던 너의 행동이
어느 날 내 입장이 되어 보니까
덥석 이해가 되는 순간이 있다.

다 지난 일을 들추어내는 것.
상대의 잘못으로 덮어 묻은 일을
한참이 지난 지금에 다시 파내어
나의 잘못으로 안거나 수긍하는 것.
그보다 어려운 일이 또 있을까.

그럼에도 나에게
이 말을 해낼 주저 없는 용기가 생겨난다면
너에게 꼭 말해야 해.

"미안해.
그땐 내가 몰랐어."

# 생각과 이해의 관계

생각이 많다고 이해가 많은 건 아니더라.
생각이 많아도 자기가 믿고 있는 세계에 갇혀
다른 사람의 세계와 마음 같은 것엔 관심이 없다면
생각이 많아도 생각이 좁은 거다.

그 세계는 혼자만의 생각으로 가득 차서
그 사람이 왜 그랬을까,
이유가 있었겠지,
같은 마음에게는 애초부터 내어줄 자리가 없다.

한 사람의 진심과 한 사람의 세상을
너무 많은 생각으로 왜곡시키고 무너뜨려서는 안 되는 거다.

여기서 가슴에 새길 것.
존경하는 유세윤 님의 인생 명언.
'아, 그럴 수도 있겠다.'

누군가를 이해하는 데에는
생각보다 많은 생각이 필요하지 않다.

# 피곤해지더라도

현실이 안주가 되니까
무모해지는 법을 잊어버렸다.
그 후론 밤은 오지만
하늘을 나는 꿈을 꾸지 않았다.

무모해져야 해.
다시 꿈을 꿀 거야.

# 우리의 영화

매일이 순조롭게 흘러간다면
우리의 영화는
지루한 채 단조롭게 끝이 나겠지.

언제까지 뻣뻣하게 서 있기만 할 거야.
한 번 넘어져 봐.
삶과 사랑의 복선 하나쯤.
털고 일어나면 돼.

## 이기적 워터프루프

어떤 날은 무엇도 할 수 있을 것 같다가도
어떤 날은 한없이 휩쓸려 내려
무엇도 할 수 없을 것 같아.
체내의 자신감이라고는 1g도 남아 있지 않은 날이 있다.
이 감정은 초여름의 장맛비처럼 그침을 몰라서
하루에도 수십 번을 지치도록 찾아들고.
그 비에 흠뻑 젖은 흙성은 무너지고
무너진 흔적에서 다시 무너지기를 힘없이 거듭한다.

재해 복구에 앞서 내가 나를 보니까

뭐든 다 해낼 수 있을 것 같은 날,
나의 시선은 나를 향해 있었고.
나만 빼고 다들 해내는 것 같은 날,
나의 시선은 걔를 보고 있었다.

이제 와 말이지만 나 하나만 볼 걸 그랬다.
그냥 내가 좋아하는 것,
내가 잘해보고 싶은 것만 실컷 하다가
어제의 나보다 오늘의 내가
1시간 전의 나보다 1시간 후의 내가
조금 더 괜찮으면 그걸로 잘 된 것이었는데.

내가 걔보다 잘난 것과 걔보다 못난 것.
그걸 왜 상냥하고 박애롭게
분해 분석하고 있었을까.

그저 오늘의 기대와 오늘의 기쁨이
실망보다 빨리 슬픔보다 오래
나에게 충분히 스미기를.

나의 기대와 나의 기쁨을 앗아가는

외부의 영향들로부터 내부의 나를 지켜.
그렇게 나만 알고 걔는 모르는
이기적 워터프루프가 되기로 해.

# 우리가 헷갈리기 쉬운 것들

지금 다이어트 중이라면
배고픔과 목마름을 구분할 수 있어야 해.
몸은 한 잔의 물이면 충분하다 말하는데
우리는 그걸 배고픔으로 착각해서
한밤중에 야식을 찾고 말아.
그저 갈증일 뿐인데.

이별하고 얼마 지나지도 않아서
번번이 누군가에게 마음을 주기도 해.
내 안에 피어나는 감정이

과연 사랑일까.
외로움은 아닐까.

오늘의 눈물도 그래.
그건 시행착오였어.
돌에 걸려 넘어진 것뿐인데
나는 주저앉아
세상이 끝난 것처럼 울어버렸다.

갈증과 허기,
외로움과 사랑,
실패와 과정.

그 뒤로 잠시 물러서 줘.
그리고 생각해 봐.
내가 생각하는 그게 맞아?

## 심심해서 모아봤어

"자고 있을 때 숨소리가 새근새근해.
아기 같아."

너는 잠을 자는 일에도 갓 태어난 아기처럼
최선을 다하는구나.

"웃을 때도 예쁜데 울 것 같을 때도 예쁘네."

너란 생명체.
어떤 감정에도 숨김없이 진솔하다.

"뒤에서 가만 보면 너는 걸음이 참 올곧아."

헤매고 있다고
빙빙 돌아가는 것 같다고
네가 삐뚤어졌다 생각하지 마.
너의 걸음은 반듯해서
결국 너는 너의 목적지에 안착할 수밖에 없을 걸.

심심해서 모아봤어.
너는 모를 것 같은데 나만 보는
너에게 어울리는 예쁜 말.

# 비극적 사랑의 결말

헤르만 헤세는 썼다.

'모든 사랑에 심오한 비극이 숨어 있다고 해서
그것이 사랑을 하지 않을 이유가 되지는 못한다.'라고.

그래서
'삶은 가까이에서 보면 비극이지만
멀리서 보면 희극이다.'라고
채플린은 말한 걸까.

종종 비극이라 해도
사랑을 멈춰 세울 수 없다.
우리는 반드시 희극을 향해 달려 나가고 있으니.
각자 그리고
공동의 마음으로.

대여섯 개의 아픔을 털어내면
두세 개의 흉터가 남고
서너 개의 새 살이 난다.
새 살은 난다.

그러니 슬픔의 구간마다 행복을 빌자.
누가 그래?
이 끝이 불행일 거라고.
어떻게 해도 엔딩은 해피일 거야.

# 쉬운 문제 하나 낼게

눈을 감고 나에게 묻는다.
'오늘은 어떤 날이어야 해?'

내가 싫어서
더는 보기 싫다고.
나를 떠나간 한 사람 때문에
두고두고 아파야 하는 날일까.

이런 나도 좋다고
내 곁에 붙어 있는

나의 1호부터 9호가 있는데.

한 사람쯤 그만 털고

웃어도 괜찮은 날일까.

이미 정해져 있다.

보기는 둘, 답은 하나.

# 드라이플라워

장미를 말렸다.
물을 주고 활짝 피워
시들여 떨어뜨릴 수도 있었지만
갓 태어난 그날에 말렸다.

가장 예쁜 순간을 내 곁에
깊이 잠재우고 싶었나 봐.

가장 예쁜 순간을 내 시간에
가두어 보고 싶어 한다는 건

이기적이고 표독한 일일지도 몰라.

아끼는 마음이라면
어떻게 피어나든 어디로 날아가든
손 대지 않고 지켜야 하겠지.

촉촉한 시선으로 도와줘.
너의 장미가 말라 가지 않게.

기대보다 아름답지 않을 지도 몰라.
장밋빛 아닌 미래를 만날지도 몰라.
그래도
부디 있는 그대로.

# 디데이

생의 결승에 놓이기보단
생의 연장에 놓이고 싶어.

오늘 내가 뛰어넘는 건
네가 아니라 나이고 싶어.

바라던 일을 끝내게 되면 나는 행복할까.
너를 이기고 나서 나는 두 발을 뻗고 잘까.
미련 없이 떠날 수 있을까.

아니 나는.

다시, 또

그다음을 향해 가고 싶어.

내가 오늘 쟁취하려 하는 것은

꿈의 완료가 아니야.

계속을 위한 원료인 거야.

잠시 취해도 좋을 기쁨,

오랜만에 늘어지게 자는 단잠 같은 것.

목표가 이루어지는 날이

꿈이 사라지는 날이 되면 안 되잖아.

# 나의 새벽

힘든 시간이 없을 수는 없겠지.
시간 위에 누워
담담히 나를 기다려주자.
스스로 털고 일어나 다시 웃을 순간을.

그러니 잘 자고 일어나.

· 에필로그 ·

누구도 그러라고 시킨 적 없는데
이번 생에 또 진심인 그대.
어떤 날 너무 아파 아무것도 사랑할 수 없는 시간이 와도
스스로를 좋아하는 일은
멈추지 말아요.

# 너를 사랑하려다
# 나를 사랑해버렸다

흔한 애정이 위대해지는 순간

초판 1쇄 발행 2022년 6월 7일

지은이 해이
발행인 정진욱
편집인 윤하루
디자인 서승연

발행처 라디오북
출판등록 2018년 7월 18일 제 2018-000161호
주 소 (07295)서울시 영등포구 문래로 20길 14
전 화 0507-1360-8765
팩 스 050-7078-8765
이메일 hello.radiobook@gmail.com



ISBN 979-11-90836-65-4(03810)

값 15,800원



*라디오북은 라디오데이즈의 출판 전문 브랜드입니다.